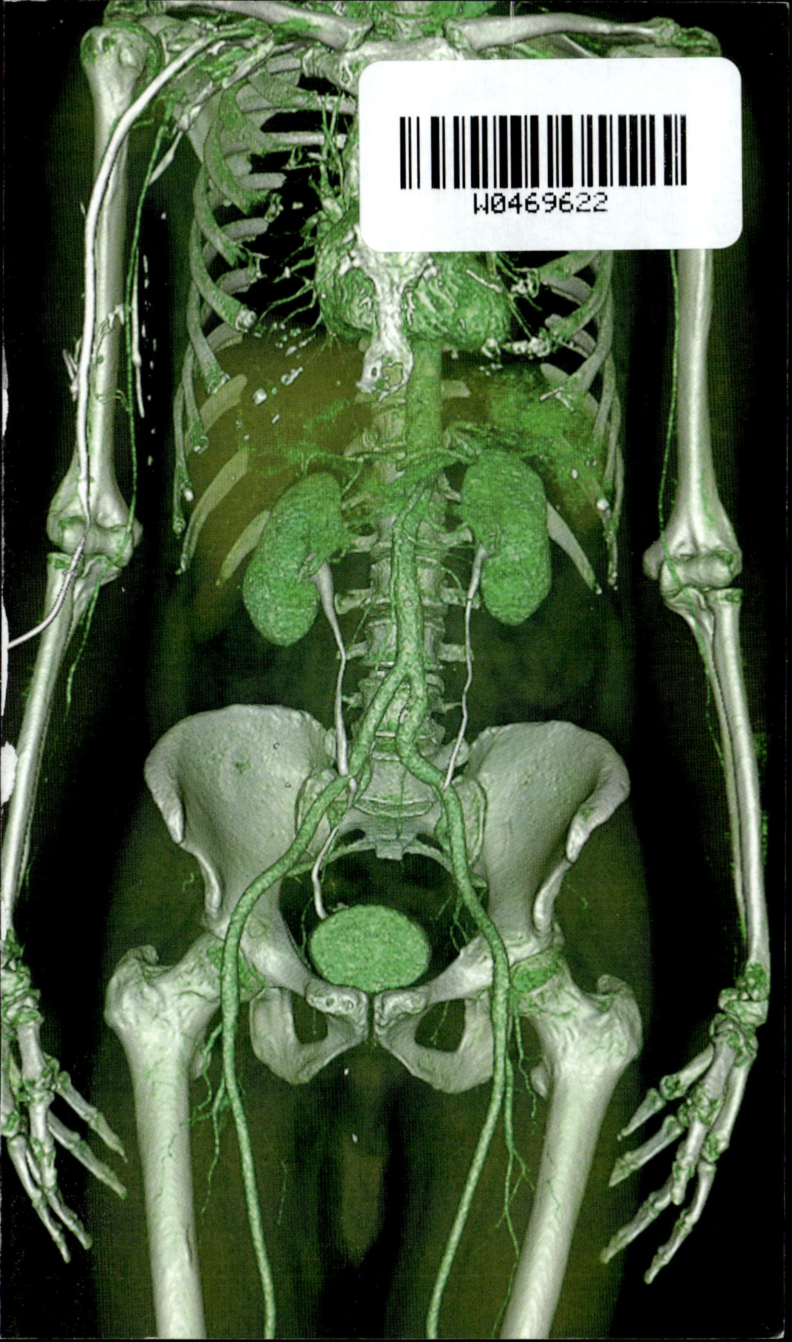

Conception éditoriale : Éditions SW Télémaque
Direction artistique : Simon Allix

ISBN : 978-2-253-12267-8 – 1re publication LGF

BERNARD WERBER

textes inédits
et extraits de son scénario original

Nos amis les Terriens

Petit guide de découverte

Éditions SW Télémaque

SOMMAIRE

Arrivée sur la planète Terre

Longtemps, très longtemps,
nous avons cru que nous étions
les seuls êtres vivants de l'univers.
Nos sondes ont parcouru l'espace,
elles ont scruté les galaxies,
les étoiles, les planètes et n'ont
jamais rien trouvé.
Nous avons même fini par croire
qu'il n'y avait rien nulle part,
que de la vapeur, des pierres
et de la poussière.

Et puis un jour, nous
avons découvert l'incroyable.
De la vie. Un monde habité.
Des troupeaux entiers de petites
bêtes de toutes sortes qui
grouillent sur sa surface.
Et parmi elles, des animaux
qui paraissent avoir un début
d'intelligence. Les Terriens.
Nos amis les Terriens.
Qui sont-ils ?

Longtemps,
très longtemps,
nous avons cru que nous
étions les seuls êtres
vivants de l'univers.

Et puis un jour,
nous avons découvert
l'incroyable...

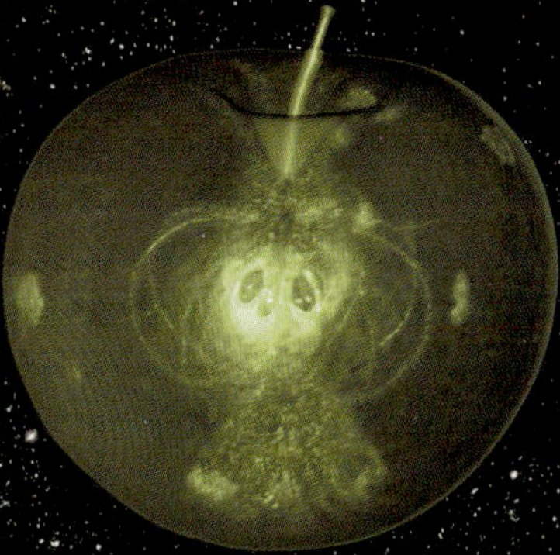

de la vie,

un monde habité !

Vu de haut

Nous avons détecté l'existence des Terriens parce qu'ils sont les seuls à produire de la lumière artificielle quand une zone de leur planète est dans l'ombre du soleil.

De haut déjà, on s'aperçoit que leurs cités forment un réseau très dense. Notons que vu de haut, ces cités ne sont pas sans rappeler certains de nos tableaux (de la période prémoderne).

D'un plan urbain apparemment chaotique émerge une sorte d'harmonie secrète qui appelle (et mérite probablement) un regard d'esthète.

Peut-être qu'un jour, une mode picturale naîtra de la copie des vues de haut de ces cités terriennes. On distingue des compositions inattendues, des courbes délicieuses, des perspectives étranges traversant ces villes à l'autre bout de l'univers.

Estimation globale de la population de Terriens :
7 milliards de têtes.

Capacité maximale probable de leur planète :
10 milliards de têtes.

Des troupeaux entiers
de petites bêtes
de toutes sortes
qui grouillent sur
sa surface.

Et parmi elles…

… Les Terriens !

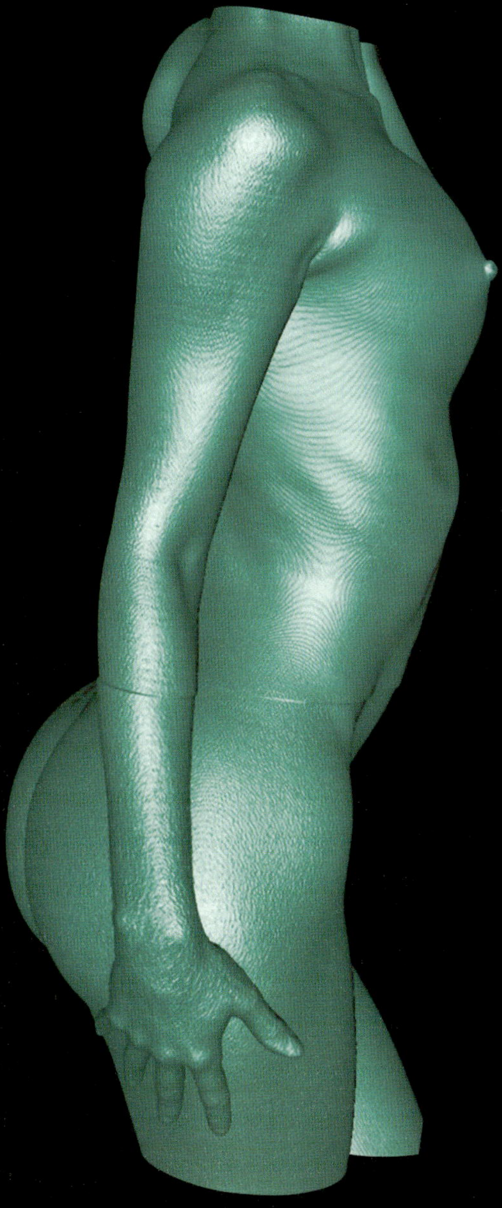

Les nids terriens

Les Terriens ne savent pas voler comme nous. Ces êtres rampants sont pourtant répandus sur toute la surface de leur planète. Sur certains territoires, ils regroupent des millions de nids autour de longues lignes droites. Ces nids peuvent être empilés les uns sur les autres.
Il semble que les individus qui vivent dans les étages les plus élevés sont ceux qui espèrent apprendre un jour à s'élancer dans les airs. Nous n'avons observé pour l'instant que quelques tentatives.
Elles ont toutes abouti à des morts prématurées.
Les nids terriens n'ont pas tous la même architecture.
De manière étonnante, certains ont des formes similaires à celles des jeux d'éveil de nos plus jeunes enfants.

Ces êtres rampants
sont répandus
sur toute la surface
de leur planète.

Sur certains territoires, ils regroupent des millions de nids autour de longues lignes droites.

Les nids terriens n'ont pas tous la même architecture.

De manière étonnante, certains ont des formes similaires à celles des jeux d'éveil de nos plus jeunes enfants.

Les Terriens aiment bien décorer leurs tanières de leur propre visage...

... Pour ne pas oublier qui séjourne à l'intérieur ou, peut-être, pour effrayer les autres espèces animales.

Les Terriens

Afin de mieux les connaître, nous allons maintenant les observer en utilisant des caméras sondes imperceptibles de leurs sens. Soyons bien conscients que ces images uniques viennent d'une planète lointaine, très lointaine. Pour mieux les étudier nous avons délicatement capturé un spécimen que nous avons trouvé dans une zone isolée. Mis à nu, le Terrien apparaît alors dans toute sa splendeur. Et nous découvrons l'inconcevable. Les Terriens ressemblent incontestablement à ce que furent nos très lointains ancêtres, il y a des millions d'années.

Là encore il s'agirait plutôt d'une femelle. Elle a les mêmes caractéristiques que « petit1 ». Son odeur est juste plus sucrée. Un ornement de métal planté dans son ventre doit indiquer son rang dans la tribu terrienne. Ses deux pis, plus colorés et plus étroits, sont compensés par une crinière plus longue. Si l'on prive trop longtemps les Terriens d'air, ils deviennent tout bleus et ont des convulsions rythmées, mais ce n'est pas le thème de notre étude. Aussi, n'oublions pas de leur fournir un peu de leur atmosphère.

Petit 1

Ceci est un Terrien que nous appellerons par commodité «petit1». Des signes distinctifs laissent à penser que «petit1» serait plutôt une femelle. Elle a une longue crinière placée au sommet de son crâne, probablement pour maintenir sa tête au chaud. Son thorax est équipé de deux pis roses, dont les embouts distributeurs de lait sont marqués d'une couleur plus foncée, sans doute pour permettre aux Terrienaux à vision déficiente de viser plus facilement pour la tétée. Le bas de son dos est agrémenté de deux proéminences graisseuses arrondies. Les pattes postérieures sont couronnées par cinq doigts atrophiés. Les pattes antérieures par cinq doigts plus longs prolongés de griffes coupantes. Les femelles terriennes dorment souvent avec des représentations animales de taille réduite. Nous n'en avons toujours pas compris la signification exacte. Notons l'odeur de fleur sucrée qui se dégage de ce bestiau.

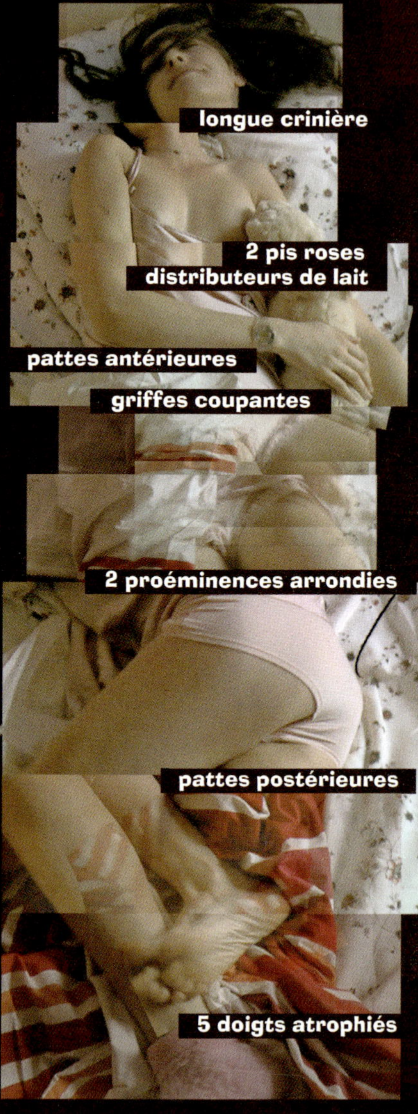

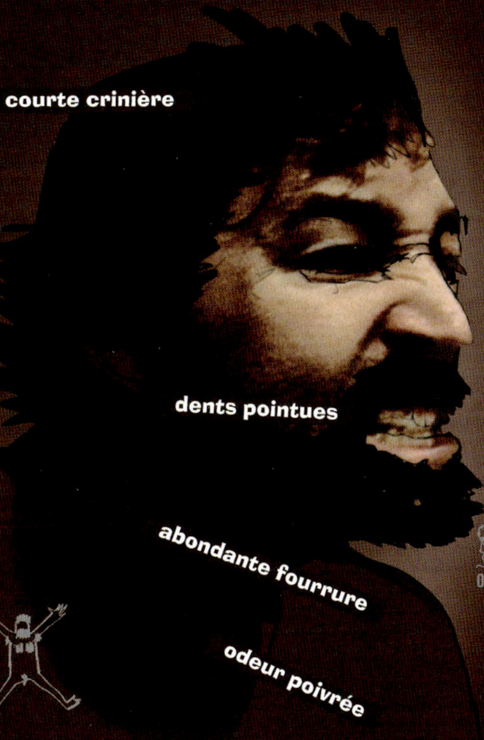

Petit 2

Ceci est un Terrien que nous nommerons « petit2 ». Quelques détails nous laissent à penser qu'il s'agirait plutôt d'un mâle. Il a une abondante fourrure sur presque l'ensemble de son visage. Une crinière plus courte. Il n'a pas de pis sur son thorax. Ses dents sont plus pointues. Ses griffes sont plus courtes. Son odeur est poivrée. Et lui aussi vérifie dans le miroir s'il n'a pas trop changé durant la nuit.

Répartition

D'après nos observations, il n'existe que deux sexes chez les Terriens. Cela semble leur suffire. Contrairement à nous, ils n'ont pas de neutres, ni d'hermaphrodites, de polysensoriels, ni même d'organiques.

La proportion à peu près égale de ces deux groupes sexués semble indiquer qu'ils se réincarnent indifféremment dans un sexe ou dans l'autre.

Nous étudierons plus amplement les avantages comparés de chaque sexe. Mais, dès le premier regard, on remarque un avantage certain pour les femelles : leur taille et leur poids réduits semblent les rendre plus aptes à développer des ailes et à maîtriser le vol autonome. Ce qui explique peut-être aussi le léger supplément de rembourrage à l'avant et à l'arrière de leur corps pour encaisser les chutes liées aux premiers envols.

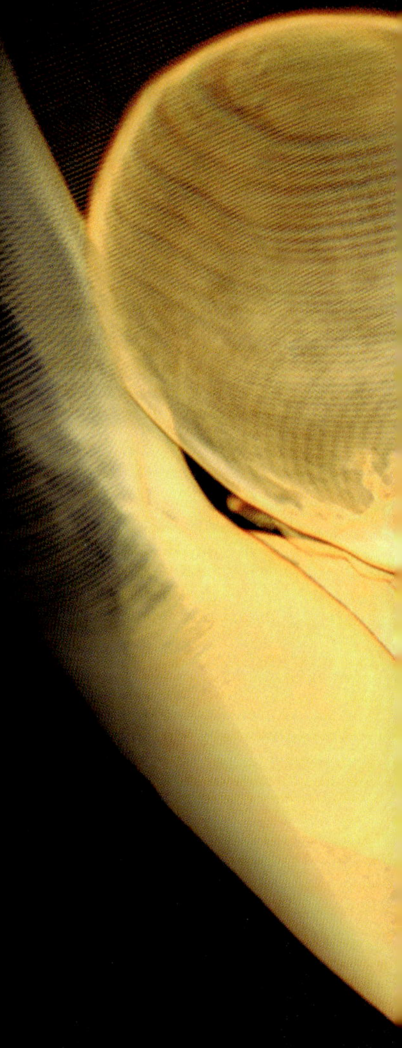

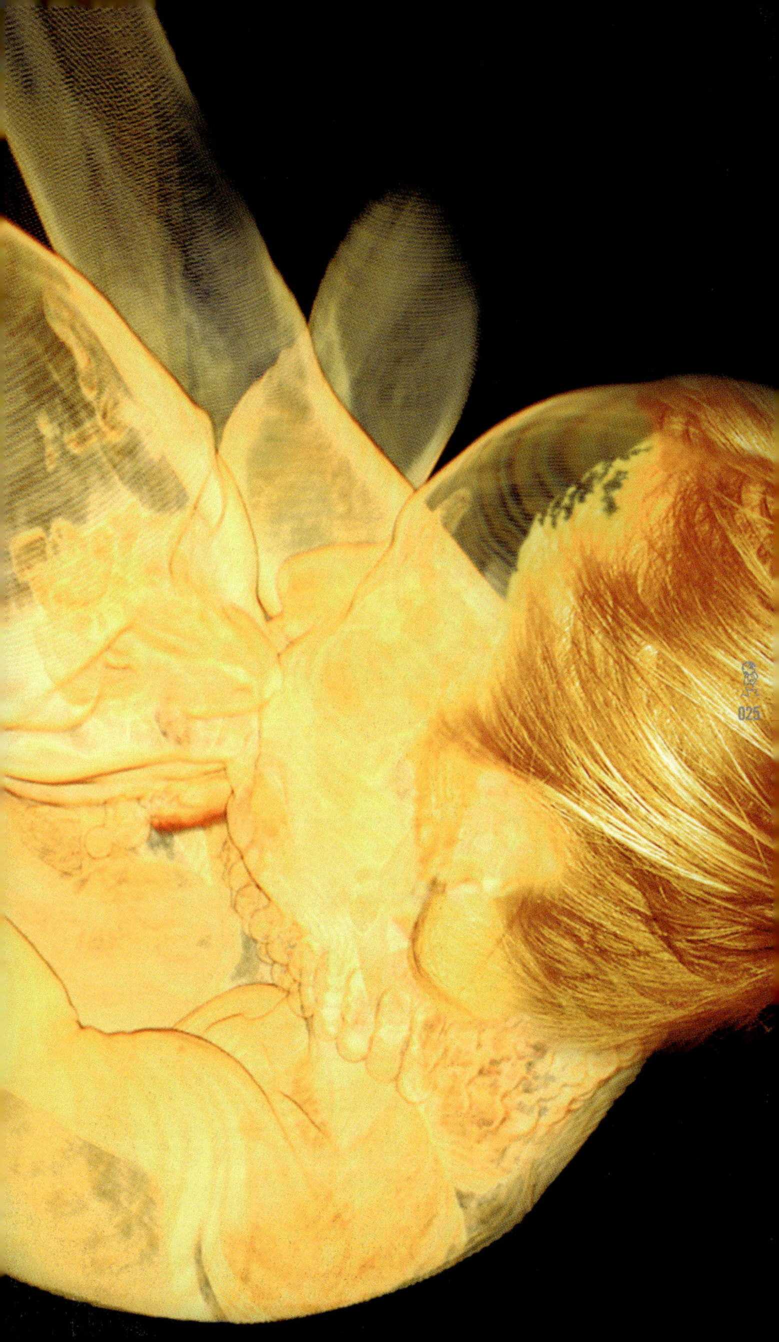

Les modes de locomotion

Comme nous l'avons déjà remarqué, les Terriens ne sont plus quadrupèdes, mais ils ne savent pas encore voler. Ils sont dans une phase intermédiaire où ils commencent à se redresser pour se tenir sur leurs deux pattes arrières. Remarquons que leur dos est dépourvu de tout appendice leur permettant de décoller.
Les Terriens se déplacent en équilibre précaire sur leurs pattes postérieures. Ils projettent en avant leur patte droite, et puis, avant de chuter, ils se récupèrent de justesse sur la patte gauche. À peine rétablis, ils reproduisent ce geste, ce qui finit par les propulser en avant.

Ils apprennent très jeunes à se mouvoir ainsi. Dès qu'ils savent marcher, ils ont envie d'apprendre aux autres à se déplacer de la même manière.
Ils sont si fiers de leurs capacités à avancer en équilibre sur deux pattes qu'ils s'imposent des obstacles comme ces pentes creusées en angles pointus.
En s'aidant de leurs pattes antérieures comme balancier, ils essaient d'aller plus vite.
Au pas. Au trot. Au galop.
Avec le temps, ceux qui sont allés «trop vite» voient leur crinière devenir blanche et ont besoin d'un bâton pour réussir cette prouesse.

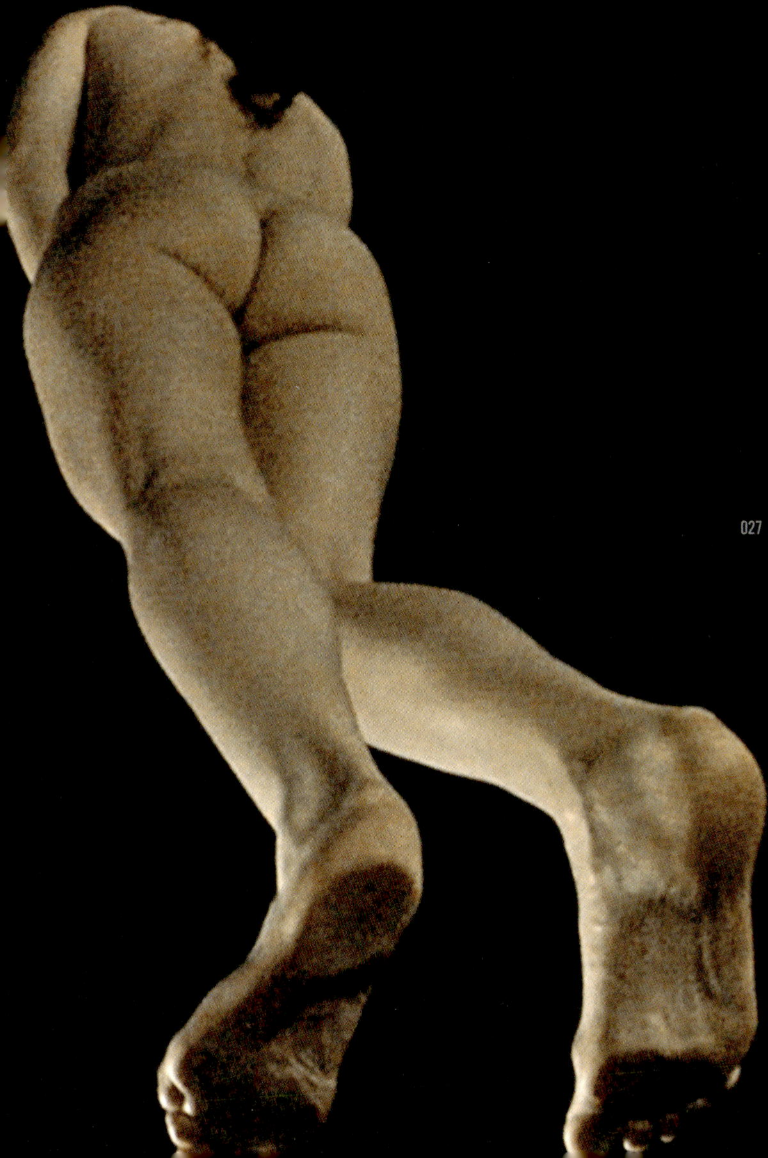

Au pas, au trot, au galop.

Les plus maladroits dans la marche s'aident de systèmes avec des roues.

Deux roues,

trois roues, quatre roues.

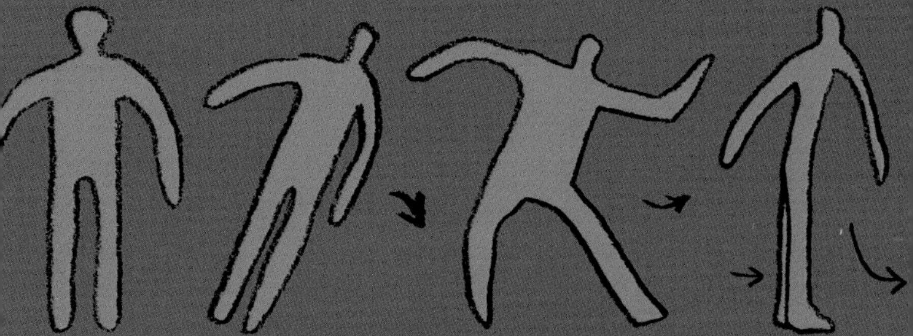

Leurs cités sont envahies de ces coquilles de métal.

Les Terriens aiment tellement ces engins à quatre roues, que des milliers d'entre eux y ont élu domicile et n'en sortent que très rarement. Leurs cités sont donc envahies de ces coquilles de métal qui produisent des gaz toxiques. Nos archéologues pensent d'ailleurs que, jadis, nos propres ancêtres ont failli détruire notre planète avec des machines similaires.

Pour les Terriens qui ne supportent pas cette puanteur, il ne leur reste qu'une possibilité : s'enfoncer sous la croûte terrestre.

Sous terre, les Terriens ne communiquent plus entre eux.

Tout le monde doit avancer. Vite, toujours plus vite.

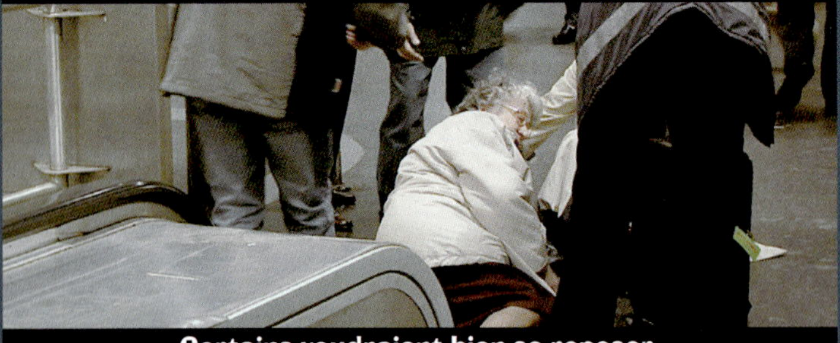

Certains voudraient bien se reposer, mais leur entourage les force à continuer.

En s'orientant grâce à son sens olfactif, cette femelle ne se perd pas dans le labyrinthe des tunnels.

Au bout de sa course dans les couloirs, « petit 1 » a besoin d'entrer en friction avec ses congénères.

Elle rejoint des cabines cubiques remplies d'autres Terriens entassés qui vont la serrer, la masser, lui écraser ses extrémités, et lui faire sentir leurs odeurs corporelles.

Déplacement

Le mode de déplacement bipède semble curieusement inadapté à leur morphologie : l'étude de la colonne vertébrale et des os des Terriens confirme qu'ils sont faits pour un déplacement quadrupède. D'ailleurs, leurs plus jeunes enfants ne s'y trompent pas et, avant d'être contraints de marcher en équilibre bipède, ils se déplacent instinctivement sur quatre membres.

Notons que leurs os massifs et lourds ainsi que la gravité importante de leur planète sont sans doute à l'origine du retard pris dans le vol autonome.

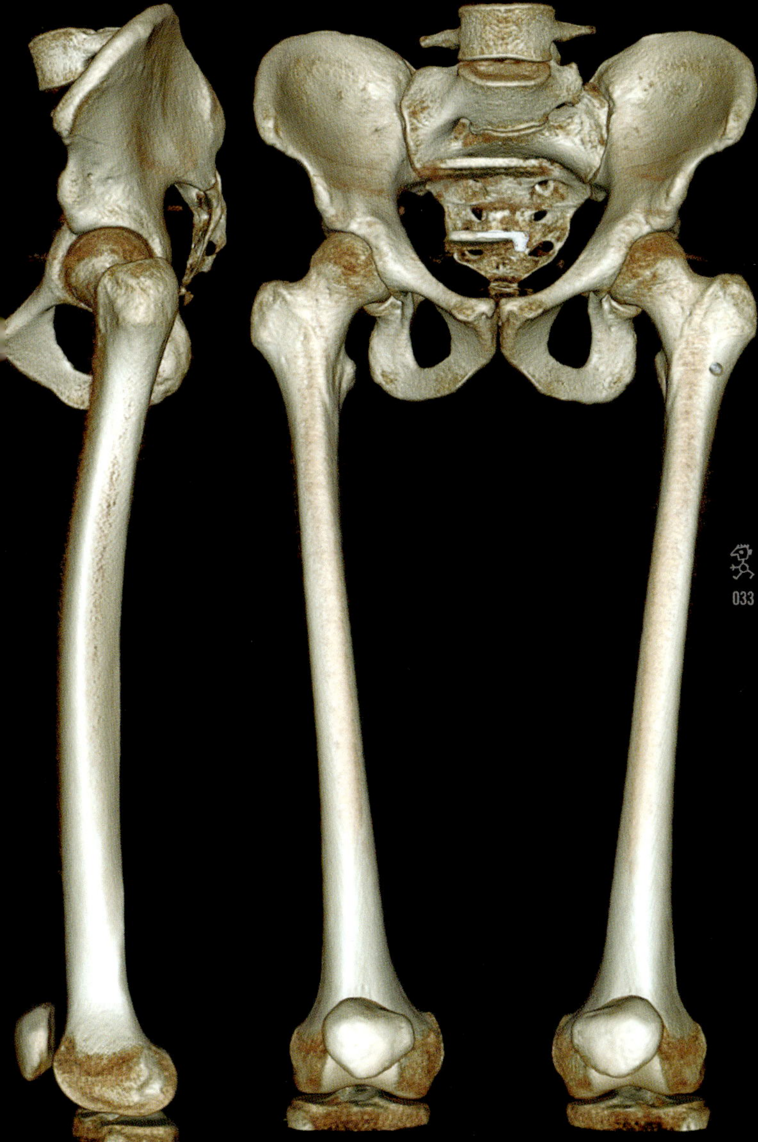

034

Les vêtements

Les Terriens, ayant un système thermique sensible au chaud et au froid, ne supportent pas d'avoir leur peau directement exposée à l'air. Ils se parent donc de morceaux de tissus qui les protègent. Ils n'aiment pas non plus avoir leurs pattes postérieures en contact avec la terre. Ils enfilent donc des enveloppes de peau de bête qui recouvrent leurs extrémités.

Pour les plus anxieux du contact avec l'air, il existe aussi des capuchons de tête. Cependant ils doivent aérer leur système nerveux supérieur qui a tendance à surchauffer. Ces revêtements de tissus peuvent aussi s'avérer être des codes de reconnaissance. Avoir une apparence similaire leur permet de communiquer plus facilement.

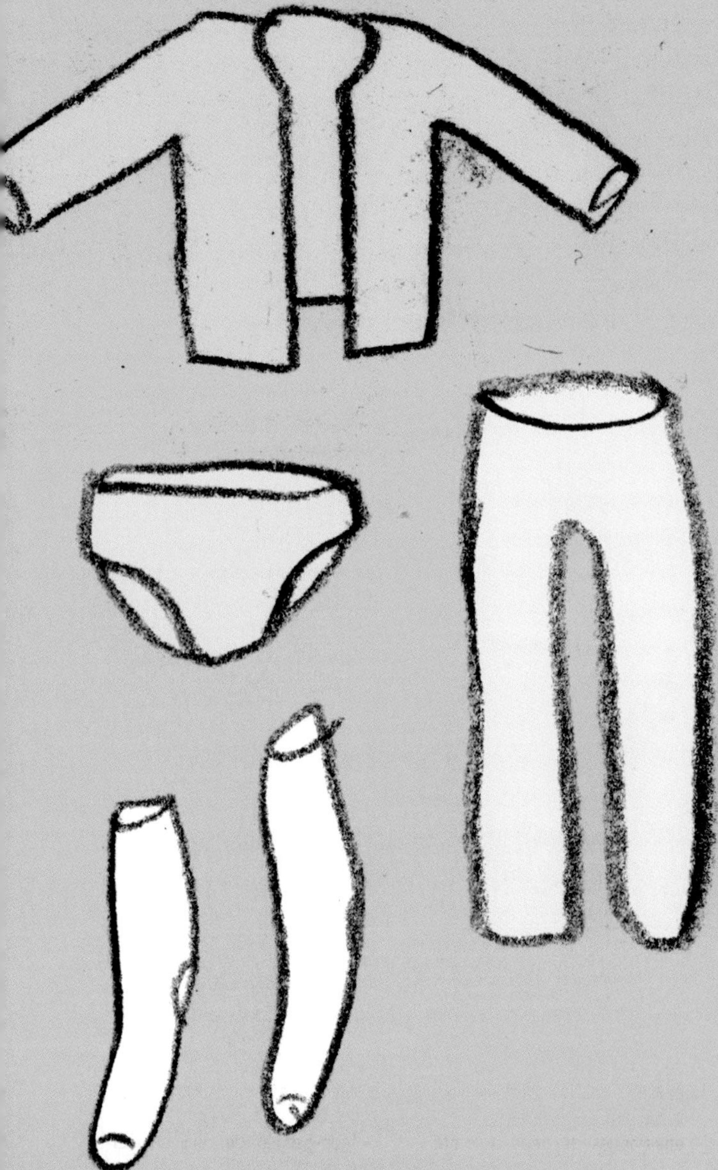

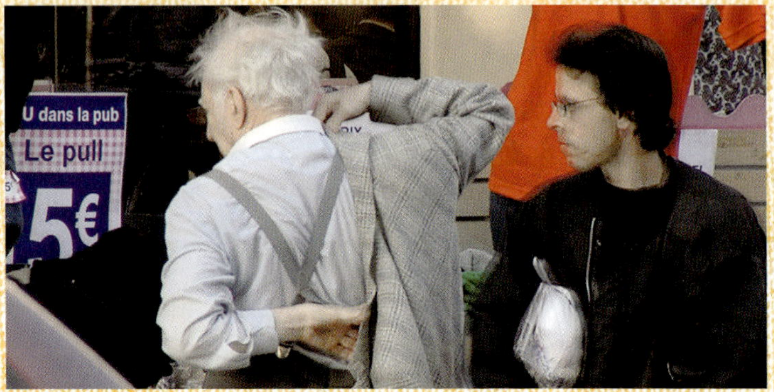

Les Terriens se parent de morceaux de tissus qui les protègent.

Pour les plus anxieux du contact avec l'air, il existe aussi des capuchons de tête.

Avoir une apparence similaire leur permet de communiquer plus facilement.

Ces deux-là, déguisés à l'identique, surveillent l'intérieur des nids.

Ces deux-là ont non seulement les mêmes vêtements, mais aussi le même museau, la même crinière.

Un étrange réflexe

Alors que les Terriens ne disposent que de cinq ou six types de fourrures et de peaux, nous avons identifié plus d'un millier de dispositifs couvrants artificiels.

Le réflexe systématique de recouvrir leur peau naturelle avec des capuchons ou des substances enveloppantes les empêche de profiter pleinement de leurs capteurs sensitifs. Ils ne sentent pas le contact avec le sol. Ils ne perçoivent pas la caresse du vent. Ils sont insensibles aux vibrations et aux ondes qui circulent sur leur planète.

C'est comme s'ils se privaient volontairement d'une information pourtant précieuse.

La nutrition

Allons examiner dans leur milieu naturel comment ils s'alimentent. Au lieu de cueillir ou de chasser dans la nature, les Terriens se retrouvent dans de grandes pièces fermées où ils attendent que leur ravitaillement leur arrive.

Que mangent-ils ?

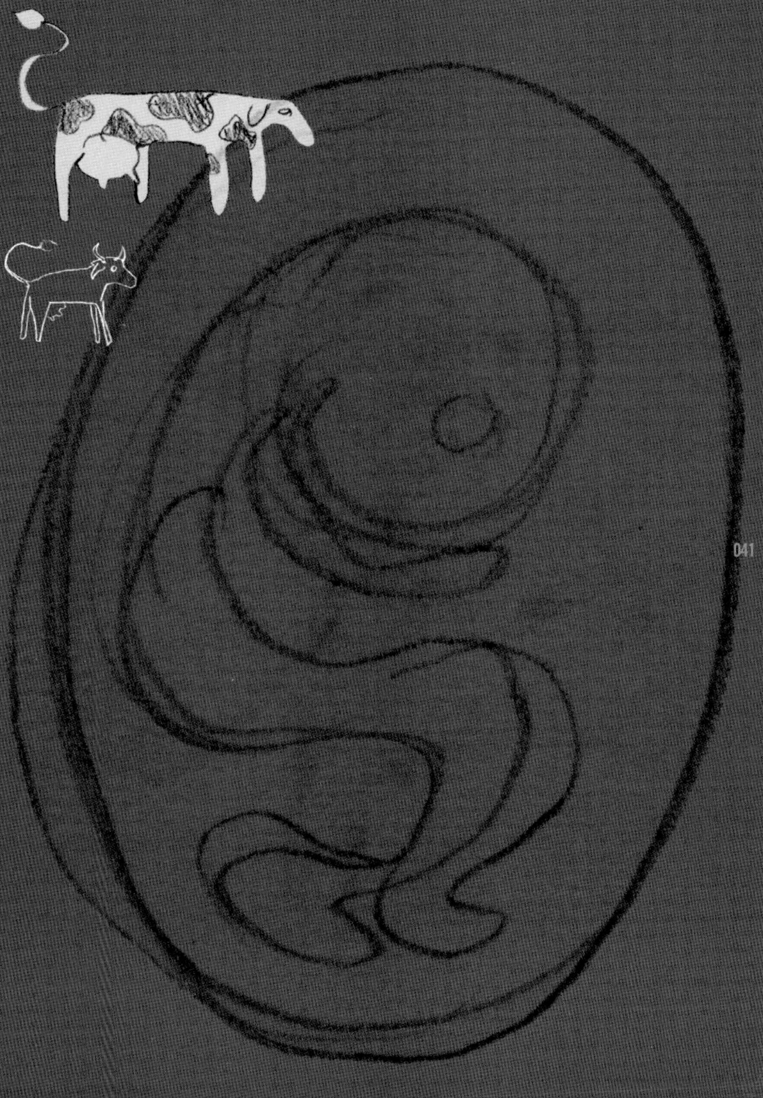

Attention âmes sensibles s'abstenir !

D'après nos analyses, ceci serait de la chair hachée d'une mère d'une autre espèce animale.

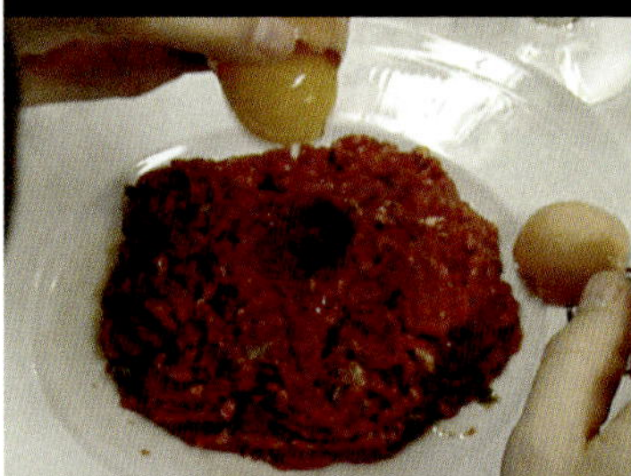

Et ce que « petit 2 » déverse sur son cadavre est un fœtus issu d'une troisième espèce.

Cet amalgame d'animaux morts fait partie de leur alimentation, mais ce n'est pas le seul.

Ici, la femelle « petit 1 » se nourrit de feuilles de plantes.

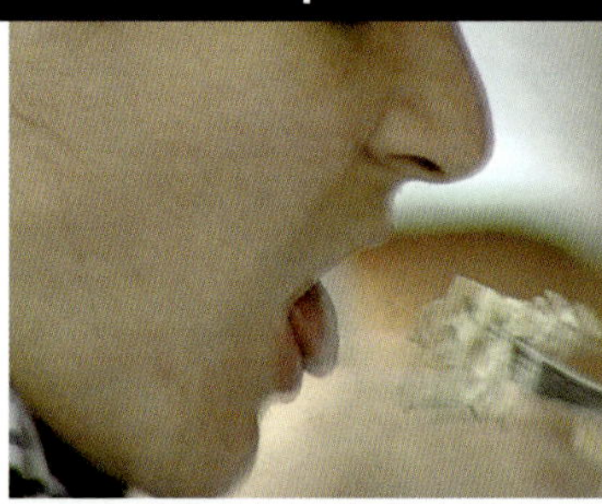

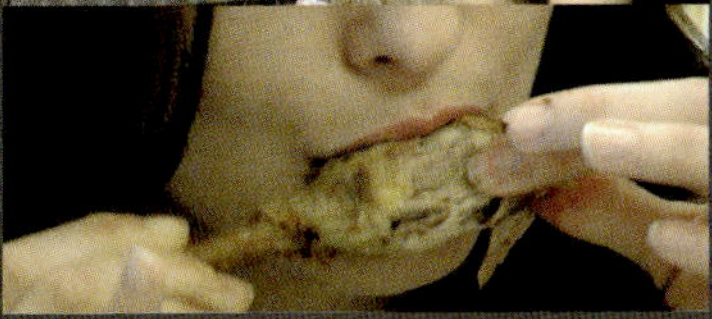

Quand la nourriture est noyée de salive, elle forme une boulette lubrifiée qui va pouvoir glisser dans le tuyau qui relie leur tête à leur ventre.

Cette matière voyagera dans des tuyaux et des poches où elle fermentera longtemps avant de se transformer en gaz nauséabond et en matières fécales.

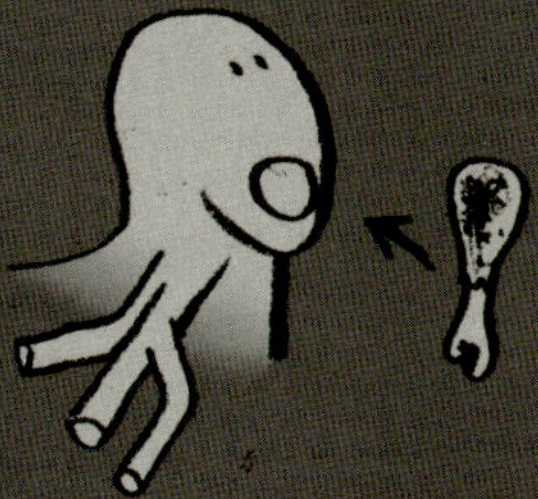

Les Terriens, toujours passionnés de défis personnels, ne se contentent pas de manger avec leurs doigts mais aussi avec les objets les plus inattendus.

Le fait de ruminer semble beaucoup les apaiser.
Les Terriens n'arrêtent pas de manger, parfois plus de trois prises de nourriture dans la même journée.

Comme on le voit, les Terriens se ressemblent, mais ne sont pas tous aussi doués. Cette femelle par exemple ne sait pas utiliser des piques.

L'aliment principal : le poulet

De tous les aliments, celui que l'on retrouve le plus est celui-ci. Nous avons donc décidé d'aller voir comment il est arrivé jusqu'à eux. Les Terriens ont un rapport particulier avec les autres espèces qui vont les nourrir. Ils les installent dans des salles aux lumières tamisées, les regroupent, les font circuler de pièce en pièce. Les Terriens vont leur retirer couche après couche tout ce qui pouvait encore permettre de les identifier. Ils leur enlèvent ainsi leur singularité, leur différence. Ils veulent que tous se ressemblent afin d'oublier que ces êtres ont été un jour, comme eux, des peuplades à part entière, avec leur propre vie sociale, leur culture, leur manière d'éduquer leur progéniture. Ce conditionnement spécial sert à transformer leurs voisins de planète en simples objets de consommation, prêts à être ingurgités.

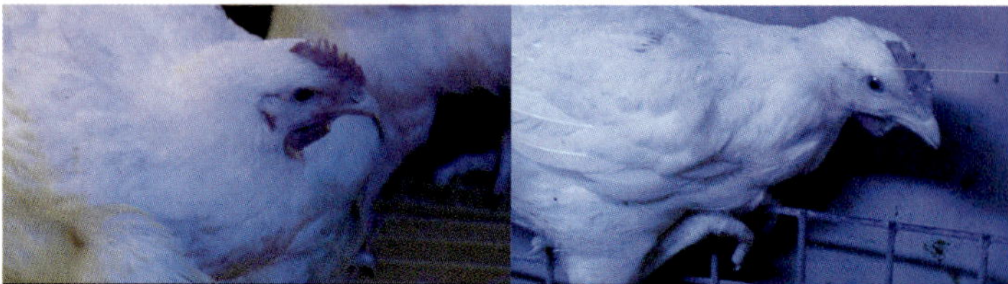

Les Terriens ont un rapport particulier avec les autres espèces qui vont les nourrir.

Ils les installent dans des salles aux lumières tamisées, les regroupent, les font circuler de pièce en pièce.

Les Terriens vont leur retirer couche après couche

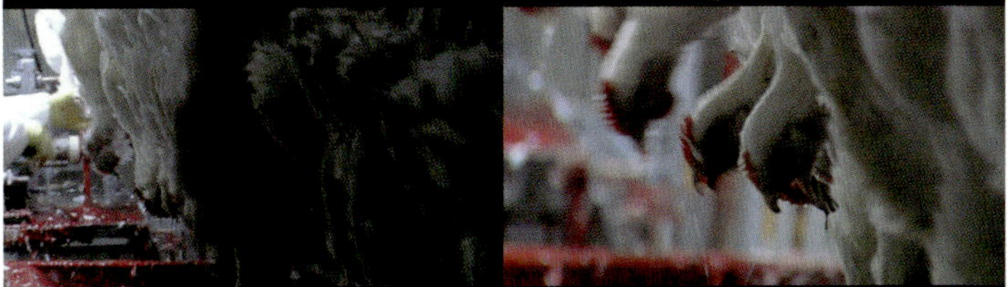

tout ce qui pouvait encore permettre de les identifier.

Ils leur enlèvent ainsi leur singularité, leur différence.

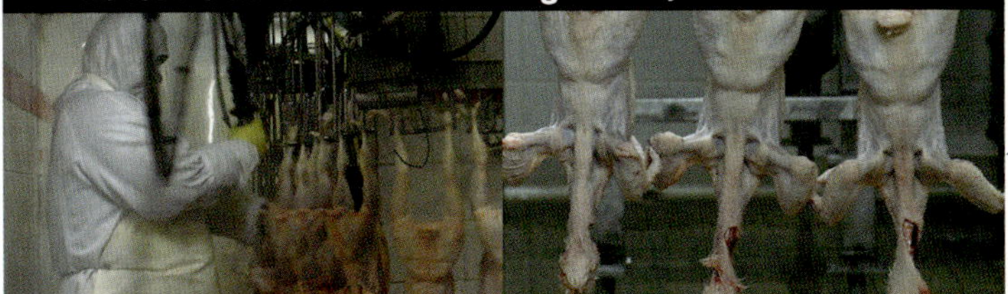

**Ils veulent oublier que ces êtres ont été un jour,
comme eux, des peuplades à part entière,**

**avec leur propre vie sociale, leur culture,
leur manière d'éduquer leur progéniture.**

Ce conditionnement
spécial sert
à transformer leurs
voisins de planète
en simples objets
de consommation…

… prêts à être ingurgités.

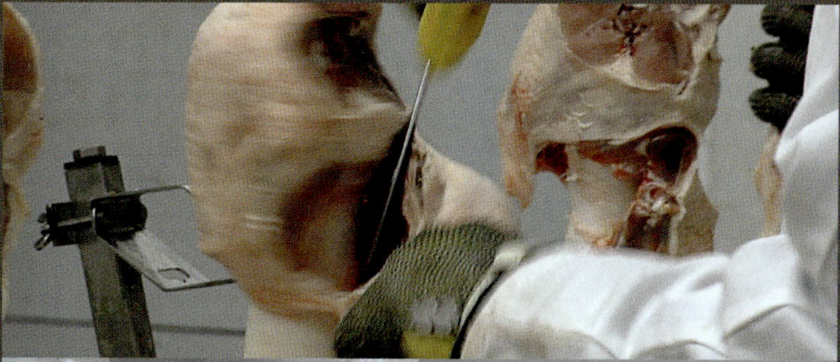

LES TERRIENS SONT-ILS COMESTIBLES ?

Après y avoir goûté, nous pouvons répondre : pas vraiment. Le Terrien est filandreux, nerveux et gras. En tout cas au niveau de la cuisse. Il faudrait beaucoup de condiments ou de cuisson pour en faire une nourriture acceptable.

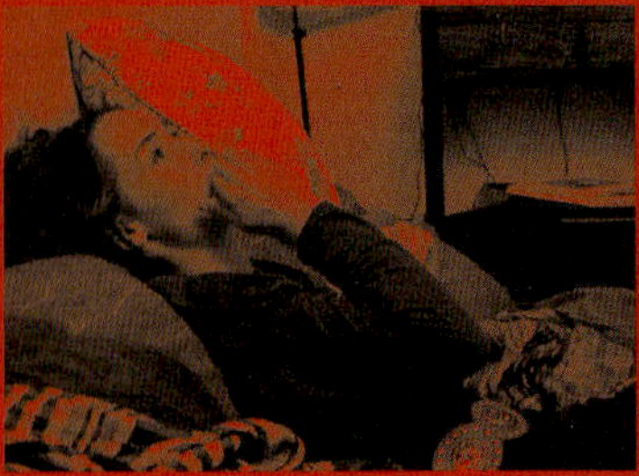

En revanche, les Terriens n'hésitent pas à dévorer des petits morceaux d'eux-mêmes.

Rituels alimentaires

Les Terriens sont composés de carbone et se nourrissent de carbone. La dégradation de cette matière chimique leur procure de l'énergie. On peut dire que le Terrien est une usine à métamorphoser le décor qui l'entoure en énergie, puis en matière compost odorante.

Mais peut-être par honte de dégrader une matière assez similaire à sa propre composition, le Terrien a inventé tout un rituel complexe pour ne pas manger les éléments carbonés dans leur état naturel.

Il les décore.

Il les enveloppe dans des couches de matière transparente protectrice non comestible.

Il les recouvre pour trouver du plaisir à les découvrir ensuite.

Il les coupe.

Certains Terriens avant de manger murmurent une psalmodie qui ressemble à un remerciement à l'aliment.

Peut-être que les Terriens sont conscients de la chance d'avoir autour d'eux une telle source d'énergie disponible et facilement utilisable.

Notons que s'il existe sur terre plus de 125 456 sources d'aliments carbonés comestibles, les Terriens n'en dégustent tout au plus qu'une centaine.

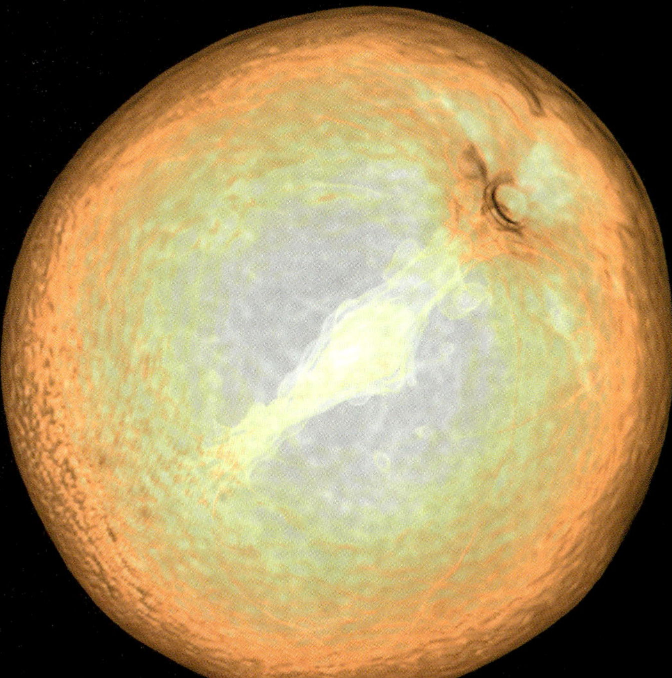

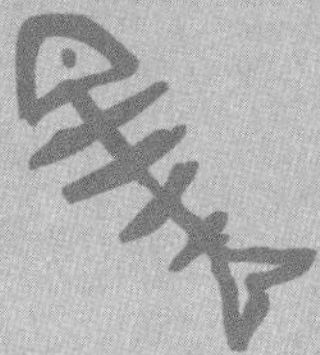

La gestion des déchets

Comment les habitants de la Terre gèrent-ils leurs déchets ? Au lieu, comme nous, de tout recycler sans rien détruire, les Terriens collectionnent leurs ordures. Ils les trient. Ils les nettoient. Enfin, ils les compactent pour les transformer en cubes de différentes tailles qu'ils empilent.
Parmi les usages les plus inattendus des ordures, remarquons que les Terriens les recouvrent parfois d'or pour se les offrir entre eux comme s'il s'agissait d'objets précieux.

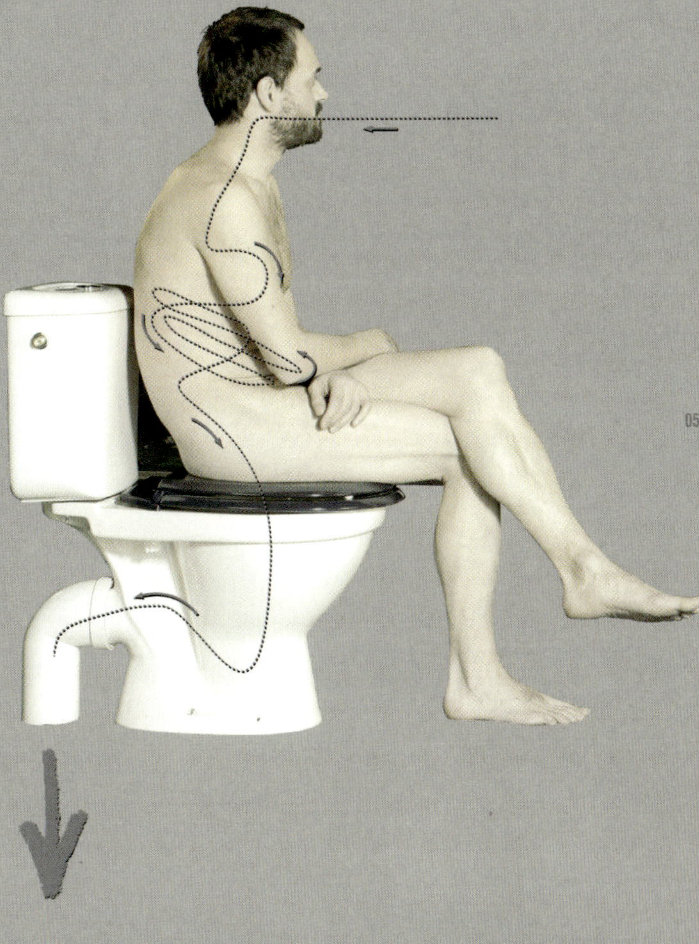

Au lieu, comme nous, de tout recycler sans rien détruire,
les Terriens collectionnent leurs ordures.

Ils les trient. Ils les nettoient.

Les compactent.

Les transforment en cubes de différentes tailles qu'ils empilent.

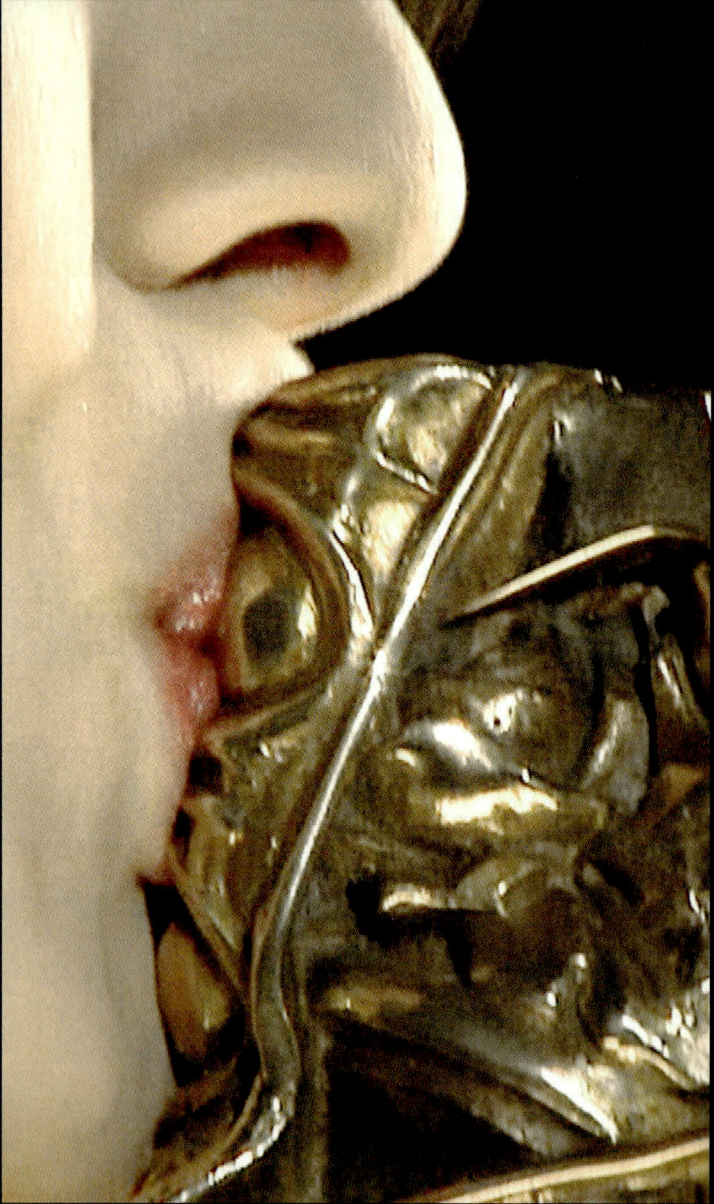

Parmi les usages les plus inattendus des ordures, remarquons que les Terriens les recouvrent parfois d'or pour se les offrir entre eux comme s'il s'agissait d'objets précieux.

Ils entreposent leurs déchets corporels dans des petites cuvettes.

Il semble que les Terriens soient incapables de faire leurs déjections directement dans la nature.

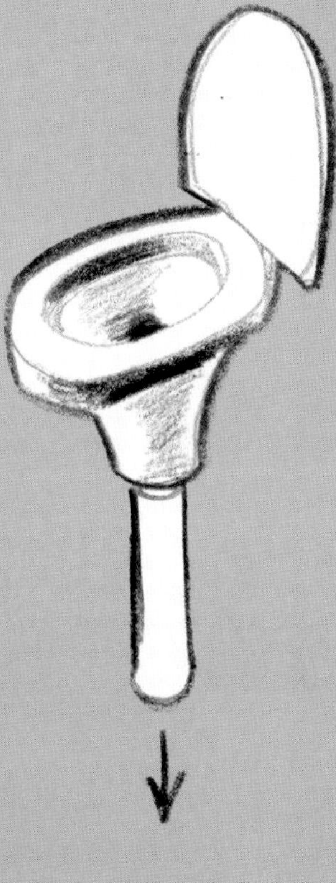

Ils se coupent ainsi de toute possibilité de léguer leurs fertilisants à leur planète.

LES TERRIENS SONT-ILS ÉTANCHES ?

Les Terriens sont constitués à 90 % d'eau. Mais leurs corps ont sept orifices plus une multitude de petits trous sur la peau. Ils ne sont donc pas parfaitement étanches.

C'est pourquoi ils ont besoin d'être fréquemment hydratés.

1
2
3
4
5
56%
H2O
6
7

La communication

En présence d'autres congénères, ils émettent des bruits avec leurs gueules tout en se frottant les pattes. Écoutons-les avec attention et essayons de décrypter leur langage.

Les Terriens, ne sachant pas communiquer par télépathie, disposent de plusieurs systèmes de communication primitifs. Tout d'abord, la communication par les odeurs.

Ils émettent des parfums par les touffes de poils situées sous leurs aisselles ainsi qu'autour de leur sexe.

Lorsque les odeurs de leurs proches ne leur conviennent pas, ils allument des tubes d'herbes sèches dont ils soufflent violemment la fumée pour repousser les messages olfactifs inintéressants.

Il existe aussi une communication gestuelle.

Ces Terriens indiquent probablement les positions sexuelles qu'ils proposent à leur partenaire.

Mais de tous les modes de communication, le plus nuancé et le plus mélodieux
est le son.

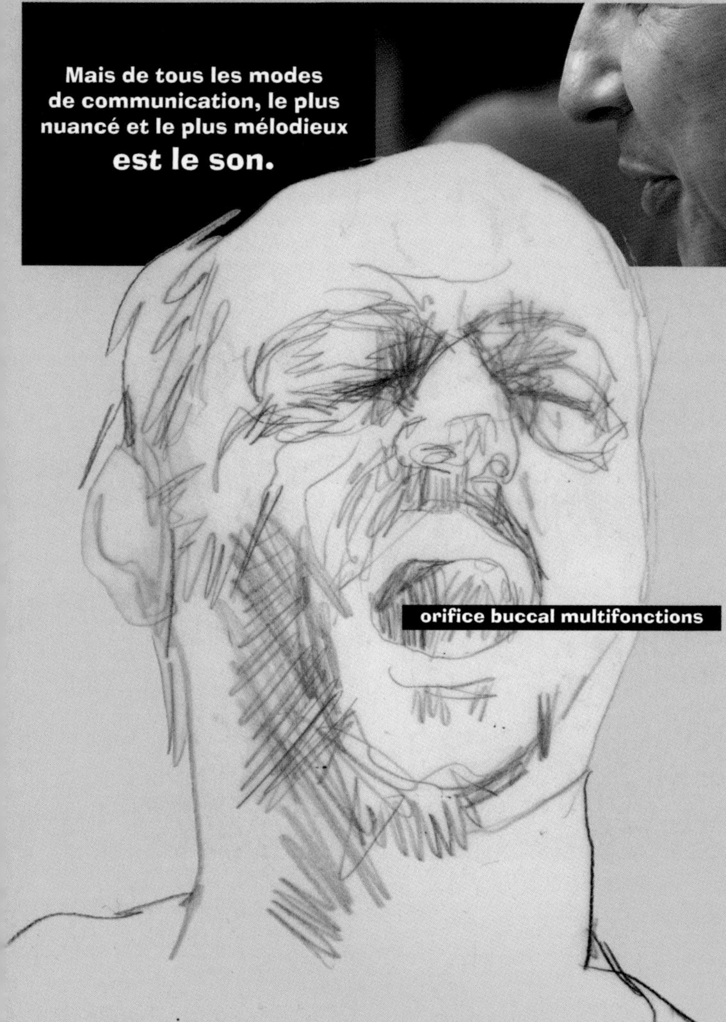

Celui-ci sort par l'orifice buccal qui, décidément, est multifonctions. Les Terriens adorent piailler du matin jusqu'au soir. Ils expriment ainsi : leur envie de reproduction, leur envie de manger, ou, comme nous le verrons plus tard, la prise de pouvoir sur des petits troupeaux.

Enfin, ils se servent, pour leur dialogue longue distance, de boîtes de métal.

Ils lancent des messages et, ailleurs, d'autres les entendent et leur répondent.

Quels messages transmettent-ils par ces enchaînements de séquences vocales ?

Pourquoi ne se caressent-ils pas directement ?

Encore une énigme typiquement terrienne qu'il nous reste à éclaircir.

Lorsqu'ils n'arrivent pas à trouver de congénères avec lesquels communiquer, ils s'entourent d'autres animaux de taille inférieure. Ils s'amusent à les observer et à les soumettre à des épreuves. Apparemment, ils tentent de les comprendre comme nous-mêmes tentons d'étudier les Terriens. Mais ils sous-estiment la difficulté de la communication interespèce.

Un langage atrophié

Le spectre sonore terrien est très réduit. Ces êtres ne savent pas produire d'infrasons, ils sont insensibles aux ondes alpha et gamma même s'ils en émettent involontairement. Ils ne perçoivent pas les ondes vibratoires autres que lumineuses et sonores.

Cependant tous ces sens semblent être en réserve, prêts à être développés. C'est juste l'absence de stimuli ou de besoins d'utiliser ces sens pour la survie ou la reproduction qui explique leur latence chez les Terriens.

Notons que les enfants, avant d'apprendre à communiquer comme les adultes, maîtrisent tous ces sens à merveille. Mais au fur et à mesure que le langage prend le dessus sur les autres moyens de communication, les autres fonctions s'atrophient selon le principe suivant : la fonction crée l'organe et l'absence de fonction défait l'organe.

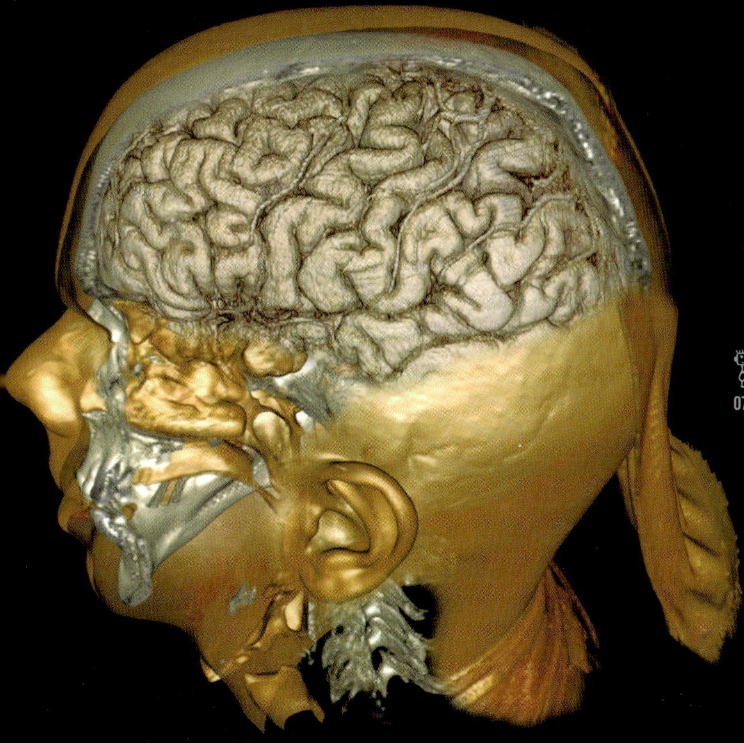

LES TERRIENS SONT-ILS INTELLIGENTS ?

Pour l'instant, on peut se poser la question.

D'autant qu'ils ont cette tendance inexplicable à détruire tout ce qu'ils touchent.

Un organe étonnant

Le mécanisme de prise de décision des Terriens a pour point central un organe rose, spongieux et irrigué de nerfs. Pour éviter que cet organe ne soit endommagé par les secousses du reste du corps, il flotte dans un liquide lui-même comprimé dans une sphère osseuse au sommet de leur corps.

Nous nous sommes souvent interrogés sur l'utilité des méandres de cet organe qui pourrait être lisse. À notre avis, ces méandres sont dus à la difficulté qu'éprouvent les Terriens à penser d'une manière linéaire. Les cerveaux terriens conservés dans un liquide durcisseur pourraient faire d'excellents jouets labyrinthes pour nos enfants.

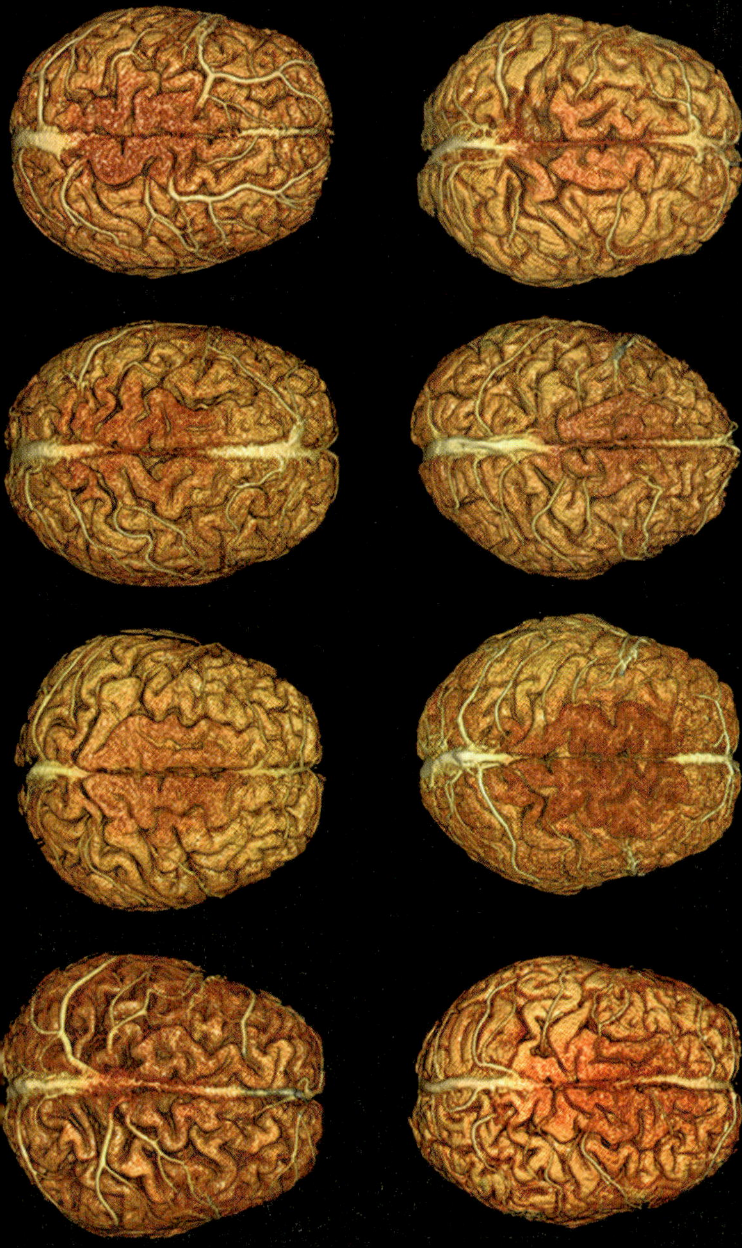

Les activités

Les Terriens détestent rester oisifs. Il faut toujours qu'ils s'occupent sinon ils deviennent agressifs, voire violents.
Ils s'agitent donc dans une multitude d'activités qui paraissent parfaitement inutiles.
De toutes ces activités, beaucoup ont un rapport avec les sphères.

Probablement parce que cette forme symbolise celle de leur propre planète. Soit ils poussent avec des bâtons des petites sphères qui s'entrechoquent, soit ils les lancent de loin pour imiter des météorites à peine plus grosses, soit ils les font voler en utilisant leurs pattes postérieures.

Les Terriens détestent rester oisifs.

De toutes ces activités,
beaucoup ont un rapport
avec les sphères.

Soit ils poussent avec des bâtons des petites sphères qui s'entrechoquent,

soit ils les lancent de loin pour imiter des météorites,

soit ils les font voler en utilisant leurs pattes postérieures.

Les Terriens grouillent sans cesse
sur la surface de leur planète.

Toujours plus vite, toujours plus loin.

En ligne. Mais aussi en rotation.

Ils se placent alors dans une centrifugeuse géante…

… Qui, en tournant, leur permet de ressentir en plus fort
le mouvement gravitationnel de leur planète.

Après avoir longtemps tourbillonné, les mâles et les femelles se sentent comme en apesanteur.

Ils peuvent dès lors passer à l'étape suivante de la parade nuptiale.

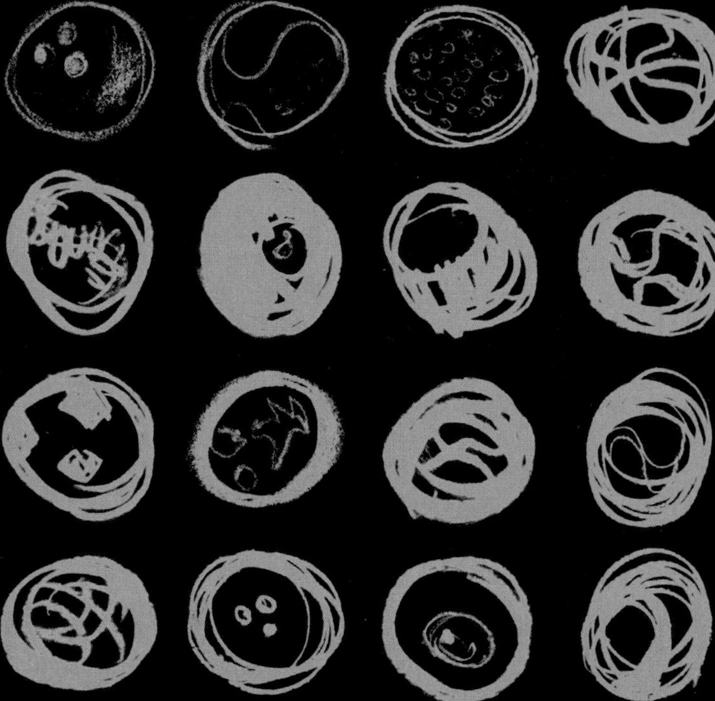

Les sphères

Les Terriens ont une conscience aiguë de la forme de leur planète. Un cercle. Une sphère. Chaque fois qu'ils le peuvent, ils répètent et reproduisent cette information. Tout est rond. Et si tout n'est pas rond, tout devrait le devenir pour entrer en harmonie avec la planète qu'ils habitent.

Le couple

Bien que leur parade nuptiale soit décidément très lente et compliquée, l'espèce terrienne est en prolifération croissante. On reconnaît à plusieurs signes les couples qui ont décidé de se reproduire. Soit ils s'agrippent par leurs pattes antérieures. Soit ils se chatouillent l'extrémité de leurs doigts. Soit ils se frottent le dos contre le ventre. Soit la femelle pose sa tête près du sexe du mâle. Soit les deux se touchent leurs orifices buccaux.

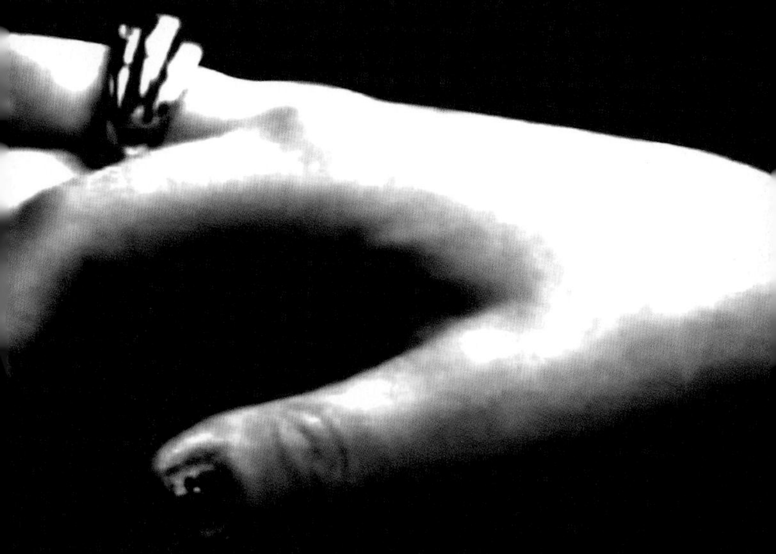

Ils s'agrippent par leurs pattes antérieures.

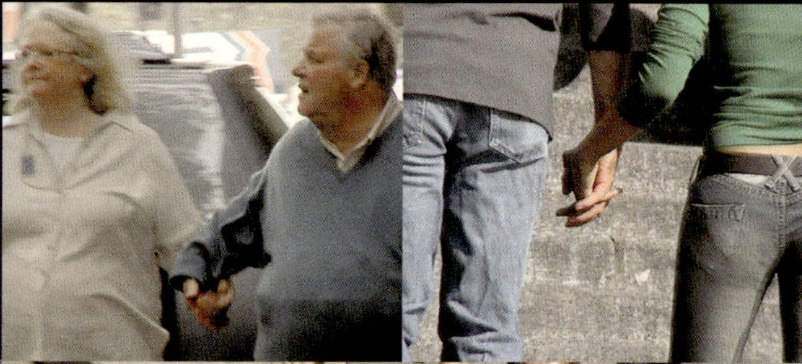

La femelle pose sa tête près du sexe du mâle.

Les deux touchent leurs orifices buccaux.

Ils procèdent alors, sans qu'on puisse vraiment le distinguer de l'extérieur, à un frottement de langues, à l'échange de salive et même

à la régurgitation de nourriture.

Il semble cependant que les Terriens aient beaucoup de difficultés à repérer les partenaires de vie qui leur conviennent vraiment.

Ils mettent beaucoup de temps pour choisir avec leur intelligence... la mauvaise personne.

Alors que s'ils suivaient simplement leur instinct, ils sauraient qui leur correspond très rapidement. Une fois qu'ils ont sélectionné cette mauvaise personne... ils s'acharnent sur elle pour se convaincre qu'ils ne se sont pas trompés.

880

La parade nuptiale

Lorsque la lumière décroît, l'activité des Terriens change. Ils se retrouvent en vastes troupeaux serrés dans des lieux sombres, enfumés, assourdissants pour se livrer à des gesticulations qui semblent encore avoir un sens sexuel. Plus ils sont nombreux, plus ils sont excités.

Ensemble ils hurlent leur désir de reproduction. Une fois encore sans le pratiquer.

La manipulation
de boules semble
un élément clef
à ces cérémonies
nocturnes.

La femelle se livre à une danse nuptiale qui a pour but d'hypnotiser les mâles environnants.

Le mâle fasciné va renifler le cou de sa partenaire pour connaître sa température et déduire son niveau de fertilité.

Plus la femelle est avancée dans sa phase d'ovulation, plus elle produit des mouvements de bras.

Elle signifie ainsi au mâle qu'elle souhaite rapidement une saillie.

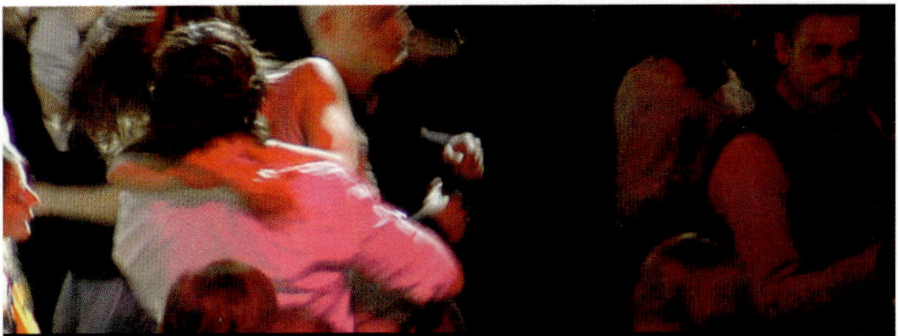

Ils miment en vertical ce qu'ils veulent faire en horizontal.

La pénombre du lieu, la fumée
et le camouflage derrière
un maquillage laissent une chance
aux plus laids.

Le vacarme laisse une chance
aux plus stupides.

Ainsi, dans le noir et le bruit,
les Terriens se choisissent parfois
pour tout le reste de leur vie.

La reproduction

L'acte procréatif
terrien
proprement dit
est assez difficile
à décrypter.

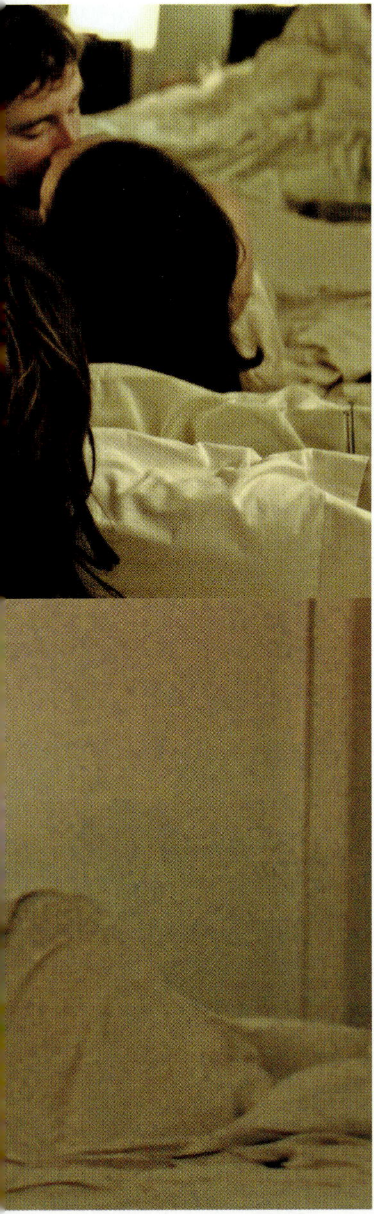

Le mâle et la femelle
se frottent le torse,
se caressent, se palpent.

Puis il se passe un événement étrange et mystérieux.

Le mâle recouvre son sexe d'un étui de plastique avant de le faire entrer dans le réceptacle de la femelle.

Après analyse, ce comportement singulier a une logique.

La femelle, en mettant cet obstacle au cheminement de la semence de son partenaire, crée déjà une première sélection.

Ne pourront entrer en elle que les plus vigoureux parmi les spermatozoïdes, ceux qui auront pu défoncer l'enveloppe plastique de toutes leurs forces.

Ces courageux porteurs du code génétique masculin n'auront plus qu'à se frayer un chemin dans l'ensemble de tuyaux, de muscles et de matière graisseuse que forme «petit 1».

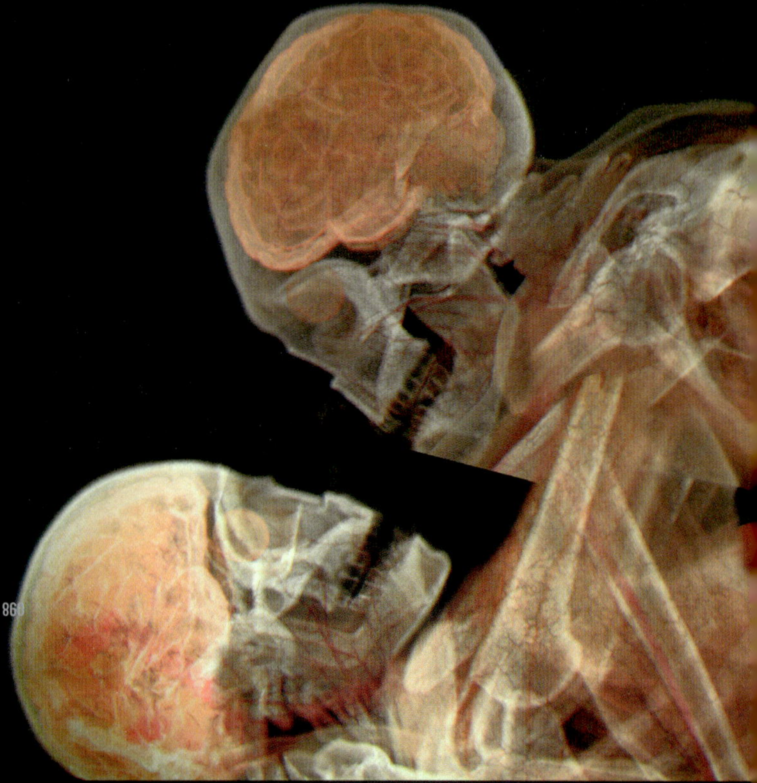

Rythmes et postures

La durée de l'acte reproductif terrien varie selon nos observations entre 150 et 500 respirations. Pendant cet acte, il arrive que la femelle se mette à griffer compulsivement le mâle, peut-être pour régler sa respiration au plus juste, afin qu'il quitte le mode hyperventilé et donc fasse baisser sa pression artérielle.
Notons que le couple n'est pas forcément d'accord sur les positions à adopter durant l'ensemble de la cérémonie.
Chacun, à tour de rôle, propose une position qui est plus ou moins bien acceptée par l'autre. Il arrive même que l'un des partenaires propose de changer d'endroit durant l'emboîtement. On voit alors le couple terrien se mouvoir en rampant (rappelons qu'ils ne savent pas voler, ils ne peuvent donc se reproduire en lévitation). Au cours de cet instant primitif, ils retrouvent avec un plaisir manifeste leur véritable mode de déplacement : à quatre pattes.

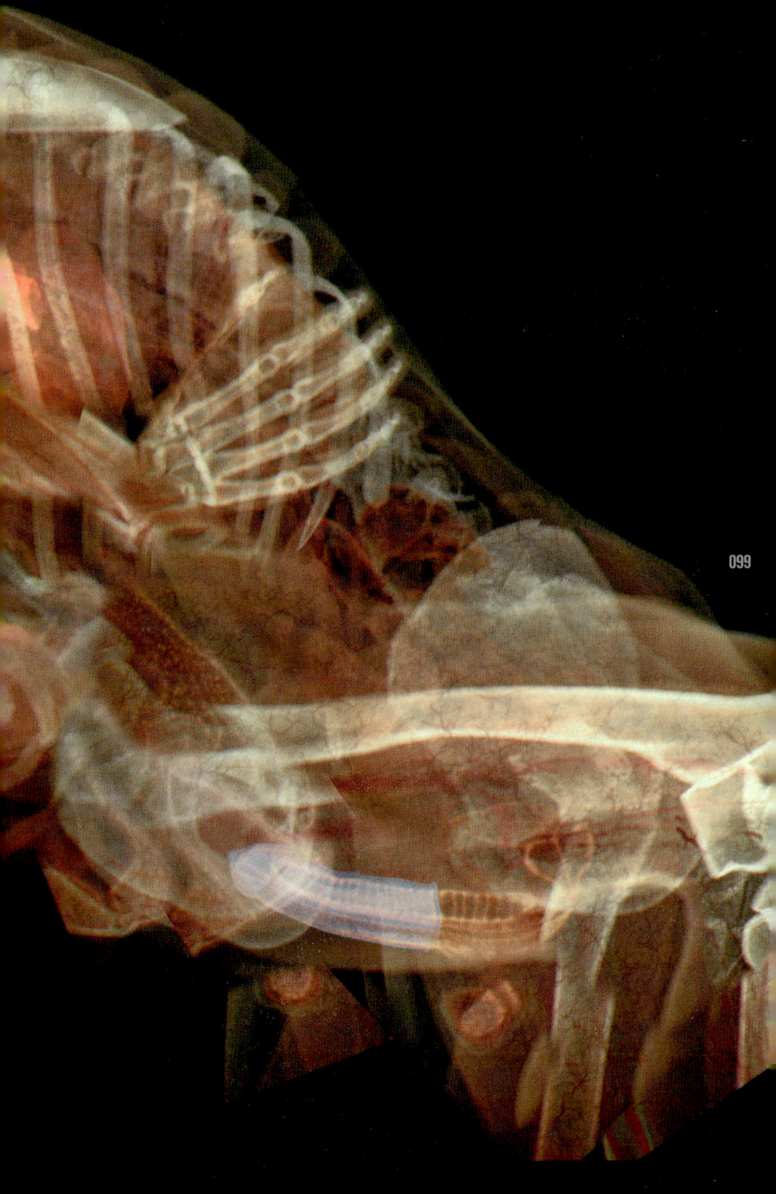

Afin de conserver les femelles en chaleur le plus longtemps possible, les mâles disposent de plusieurs moyens.

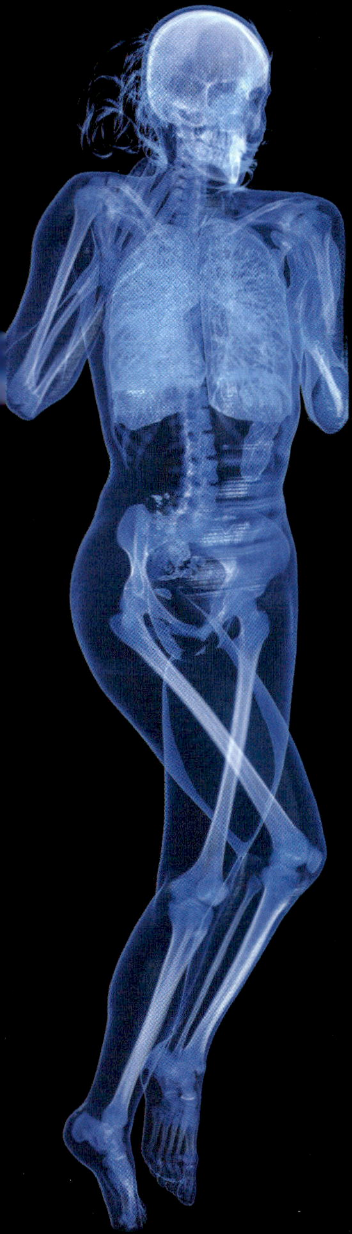

Instant délicat
et merveilleux :
la femelle, une fois
fécondée, fait jaillir
dans ses entrailles
un cocktail d'hormones.

On pressent qu'elle a envie de pousser des hurlements d'allégresse et de sauter de bonheur. Mais elle doit cacher sa joie pour ne pas attiser la jalousie des autres femelles.

Les rapports dominants/dominés

Les Terriens sont des animaux grégaires. Contrairement à nous, les Terriens supportent très mal d'être seuls. La solitude semble pour eux un calvaire.
Aussi dès le début de leur journée, ils quittent leur tanière pour rejoindre des espaces plus conviviaux. À deux ou à trois, ils sont rassurés. Mais naturellement, ils ont envie de rejoindre des groupes encore plus importants.

Voici une communauté de guerrières.
Munies d'artillerie légère, ces femelles apprennent
à résister à des attaques de lumières aveuglantes.
Un peu comme celles de nos armes préhistoriques.

Durant ces manœuvres, leur chef ne cesse
de leur donner des indications.

Les Terriens sont des animaux territoriaux.

Ils définissent des zones où ils se tolèrent plus ou moins les uns les autres.

Les rapports hiérarchiques sont en permanence rappelés.

Dès qu'ils sont plusieurs sur le même territoire, il apparaît spontanément chez eux des dominances qui se manifestent par des attitudes, des positionnements d'épaules, des haussements de voix. Le dominant lève la tête. Le dominé la baisse. Les soumis semblent fiers de servir leurs supérieurs.

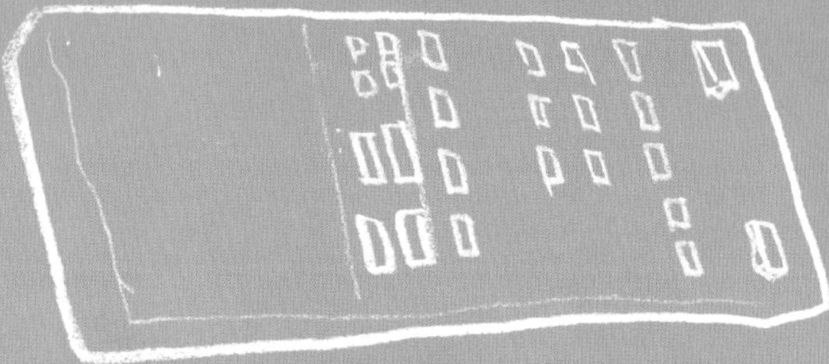

Le boîtier rectangulaire
équipé de boutons colorés
semble le symbole
du pouvoir.

Celui qui le possède a l'air de prendre encore plus facilement
l'ascendant sur son entourage.

L'agressivité

L'un des principaux problèmes des Terriens est leur incapacité à gérer leur surpopulation. Ce qui renforce nettement leur agressivité. On peut même dire que, plus ils sont nombreux, plus ils sont agressifs. Encore une fois, quel que soit leur nombre, ils se répartissent les rôles : dominants, dominés, autonomes, souffre-douleur. Lorsque leur démographie augmente, leurs différences ne font que s'accentuer. Les dominants deviennent plus féroces, les dominés plus accablés. Les habitants de la terre paraissent incapables de sortir de cette grille de répartition des rôles. Si l'on réunissait tous les dominants ensemble, ils se battraient pour reproduire entre eux la même distribution de pouvoir. Les résultats seraient similaires pour les autres. Quel que soit le groupe de Terriens, ils finissent par reconstituer ce schéma tribal. Les encouragements des dominants permettent d'entretenir la motivation des dominés. Ceux-ci en retour expriment leur reconnaissance. Lorsque les dominances ne sont pas clairement établies ou, lorsqu'un Terrien veut sortir de son rôle, il est obligé de passer à un stade d'agressivité qui dépasse la simple intimidation. Il doit alors se battre physiquement.

Les Terriens peuvent
mordre et griffer.

Mais le plus souvent,
ils s'affrontent
à coups de pattes.

Il existe même des combats ritualisés où ils s'exhibent devant des foules d'autres Terriens qui les encouragent. Ils luttent pour modifier leur place dans l'échelle hiérarchique. Mais ils se défient aussi en combat singulier pour avoir les femelles les plus fécondes.

Le vainqueur pourra avoir une saillie juste après la confrontation.

Quand le Terrien n'est plus inquiet, il émet une sorte de ronronnement spécial.

Sa bouche s'étire vers le haut des joues…

… et il émet des petits jappements caractéristiques.

Ce ronronnement semble contagieux.

Les
conflits permanents
les épuisent.

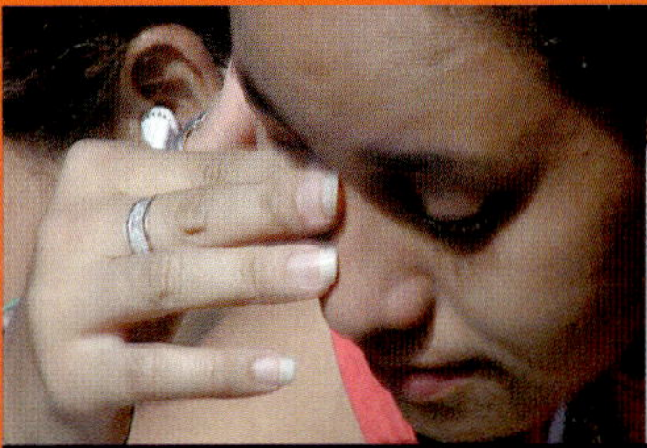
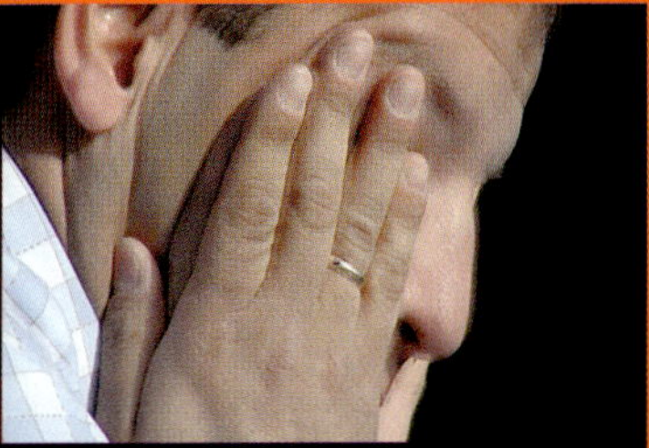

À force de lutter les uns contre les autres au lieu de s'entraider, ils se retrouvent exténués.

Certains, blessés, restent prostrés.

D'autres préfèrent fuir.

Les migrations

Tous les sept jours, des multitudes de Terriens fatigués ont besoin de changer de nid. Comme répondant à un appel secret, ils se regroupent en troupeaux compacts. Ils vont prendre une dernière fois un bain de foule avant de se retrouver dans des zones plus désertiques.

Pendant deux jours, ils feront semblant de ne plus avoir de chefs. Ils auront peut-être même l'impression, pendant quelques instants, d'être tous des autonomes. Ils emportent avec eux des éléments de leurs habitations sans lesquels ils perdraient tous leurs repères.

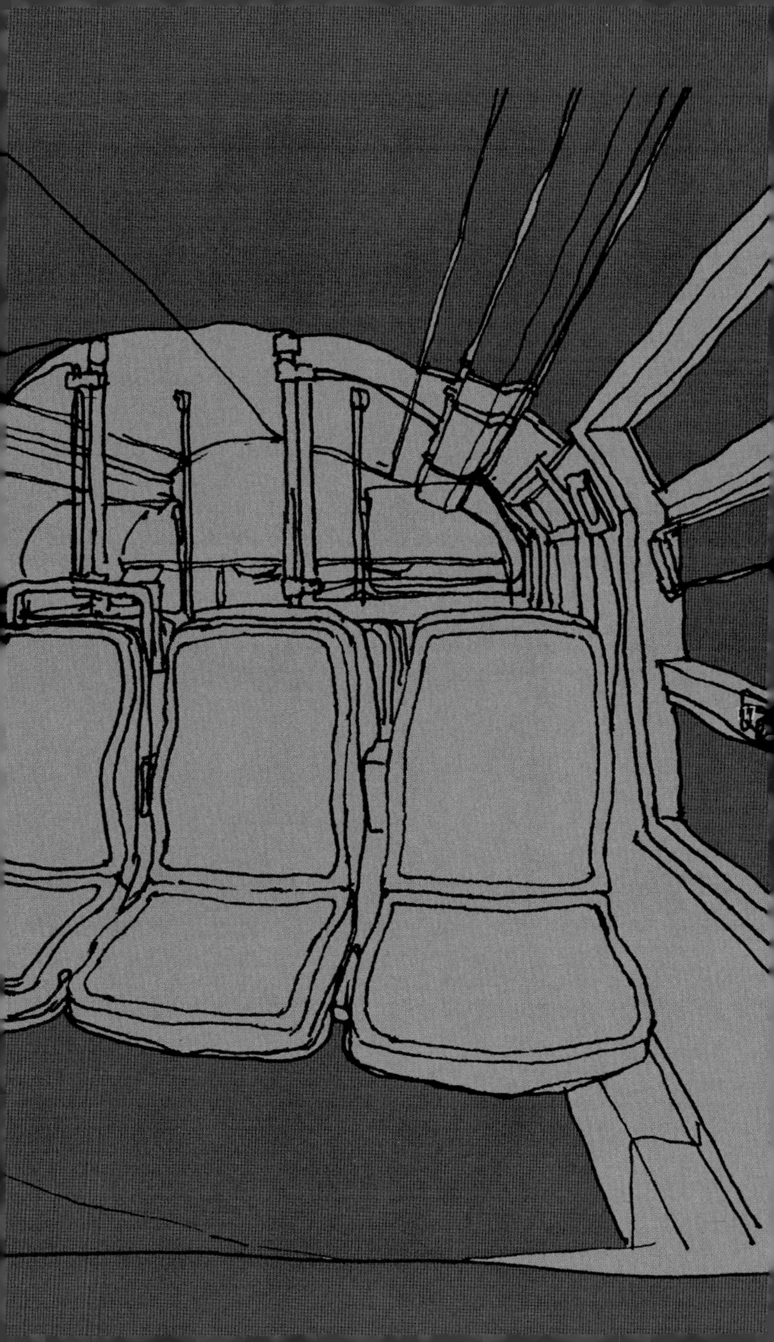

Ils se regroupent en troupeaux compacts.

Ils emportent avec eux des éléments de leurs habitations.

Notons que les habitants de la Terre peuvent rester longtemps enfermés dans ces petites boîtes métalliques avançant très lentement.

Leur patience est infinie.

Au bout de leur périple, un nid plus étroit mais avec un nouveau décor, de nouveaux parfums.

Durant ces périodes de repos, les Terriens, incapables de rester calmes, s'inventent encore des occupations inutiles.

« Petit 2 » fait vibrer des cordes sur une caisse de bois.
Il s'agirait en fait d'intestins séchés d'un animal mort.
Ces sons harmonieux ont l'air d'échauffer « Petit 1 » qui manifeste par un chant langoureux son désir d'une nouvelle saillie.

Lorsque les mâles
et les femelles sont
lassés de piailler,
de manger, de se battre,
et de se reproduire
ils construisent des nids
de plus en plus grands.

Le besoin de construire des nids est tellement fort chez les Terriens qu'ils en viennent à en bâtir même quand ils n'ont pas besoin de se protéger des intempéries.

Alors font-ils cela pour s'occuper ? Pour le plaisir ? Par simple nervosité ? Ou bien pour se cacher ?

Ceux-ci sont composés de pièces de toutes les formes et de toutes les couleurs qui s'emboîtent.

Ils forment alors de grands puzzles en relief.

Quand les Terriens bâtisseurs se trompent dans l'assemblage, ils cachent leurs erreurs avec des plaques blanches.

Le Terrien, à n'en pas douter, est un animal très pudique.

L'achèvement de la construction du nid du couple correspond souvent à la fin de la gestation de la femelle.

Après avoir enflé durant les travaux, la femelle est prête à mettre bas, dès la pose du dernier bloc de mur.

Le Terrienau

Les mères terriennes pondent
des œufs sans coquille.
En hurlant dès leur naissance,
les petits Terrienaux expriment
leur mécontentement d'être
exposés d'emblée à la lumière,
au bruit, au froid.
Beaucoup voudraient revenir
dans le ventre tiède maternel.

Pour éviter ce genre d'incident,
on leur coupe le lien de retour.
Dès lors, les voici contraints
de participer à la grande
aventure terrienne.
Avec pour seul capital,
un programme génétique
qui va les préparer à s'insérer
dans le reste du troupeau.

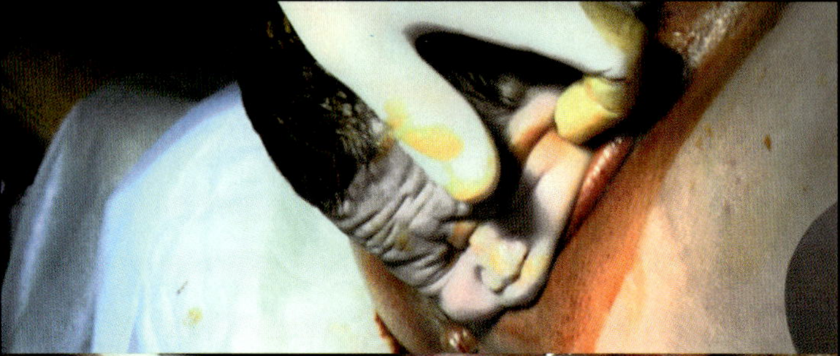

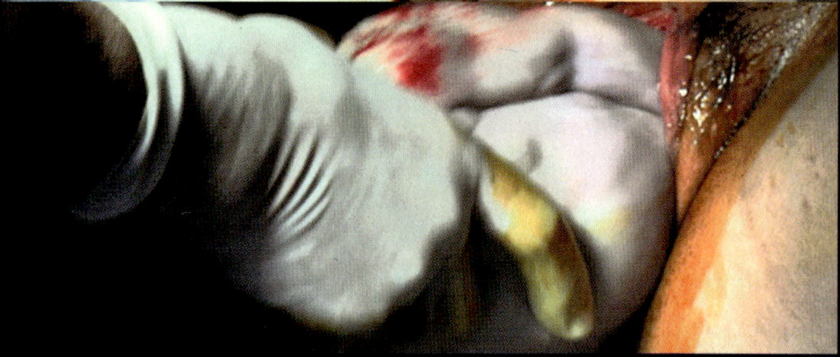

En hurlant dès leur naissance, les petits Terrienaux expriment leur mécontentement d'être exposés d'emblée à la lumière, au bruit, au froid.

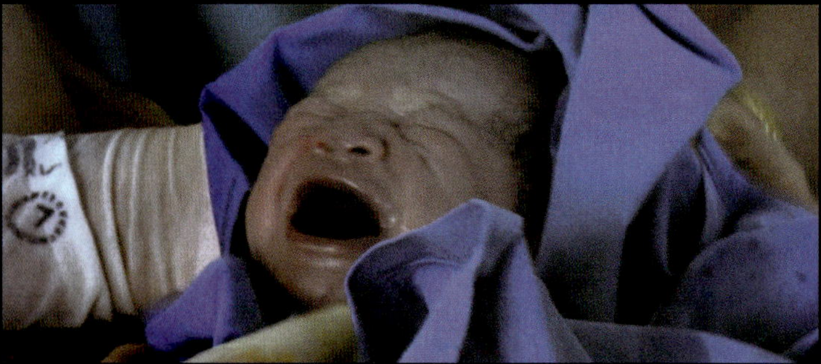

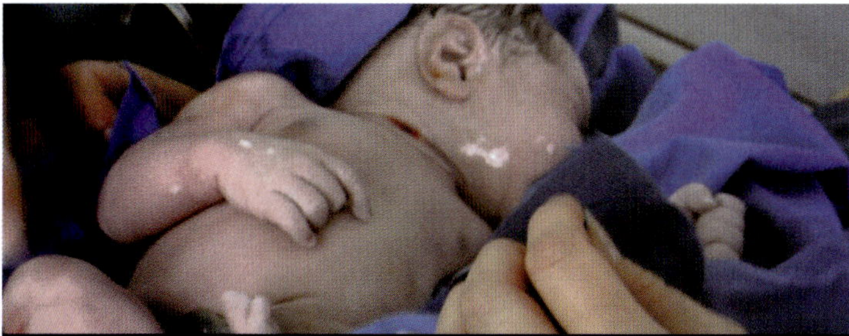

Beaucoup voudraient revenir dans le ventre tiède maternel.

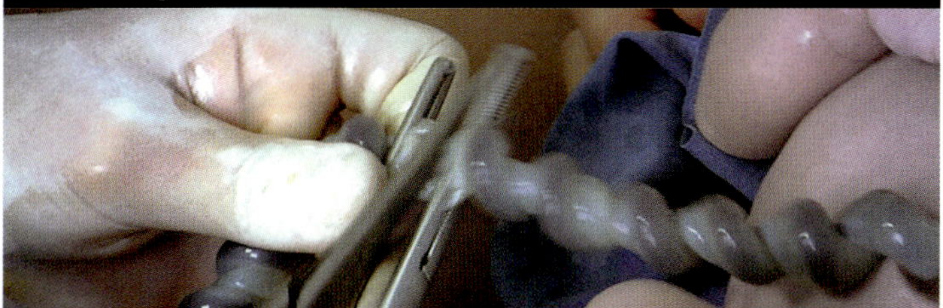

Pour éviter ce genre d'incident, on leur coupe le lien de retour.

Les Terrienaux, pas rancuniers, gardent cependant un lien très fort avec leur mère. Ils auront par la suite énormément de difficulté à se séparer d'elle.

D'autres femelles se chargeront donc de se substituer à leurs génitrices.

Cette femelle fait un élevage d'un troupeau d'une trentaine de Terrienaux.

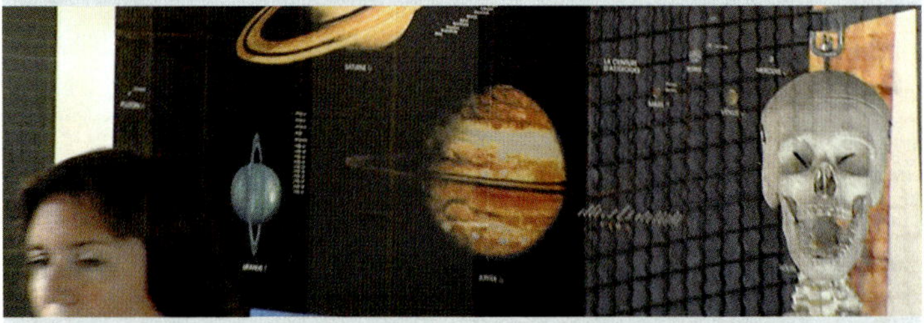

Elle leur livre des éléments de connaissance de l'univers. Pour l'instant évidemment très sommaires.

Elle leur apprend aussi à mieux se connaître de l'intérieur.

Grâce à ces enseignements, les Terrienaux seront rapidement prêts à entrer dans le monde productif où ils pourront se livrer à l'expression de toute leur créativité personnelle.

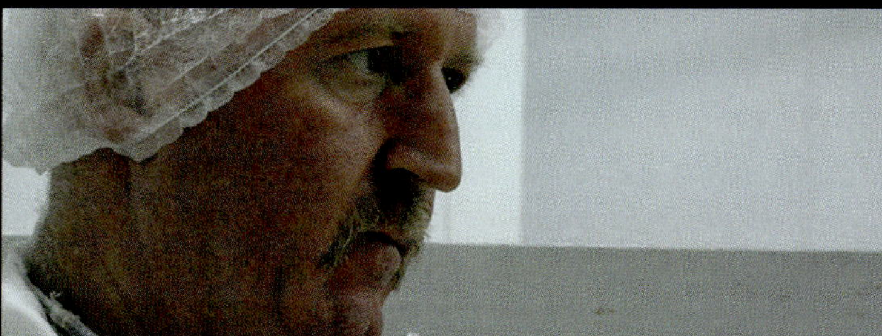

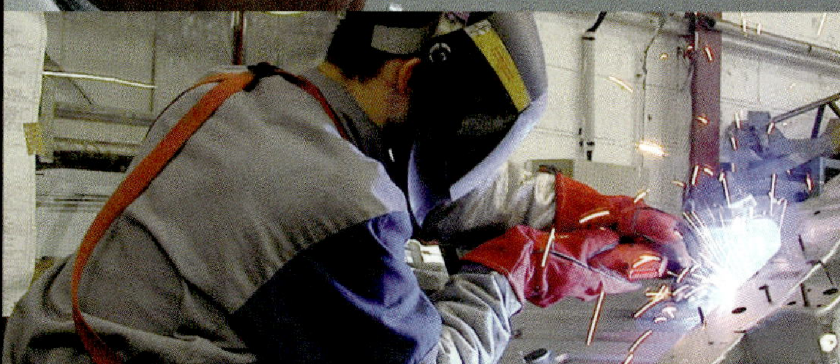

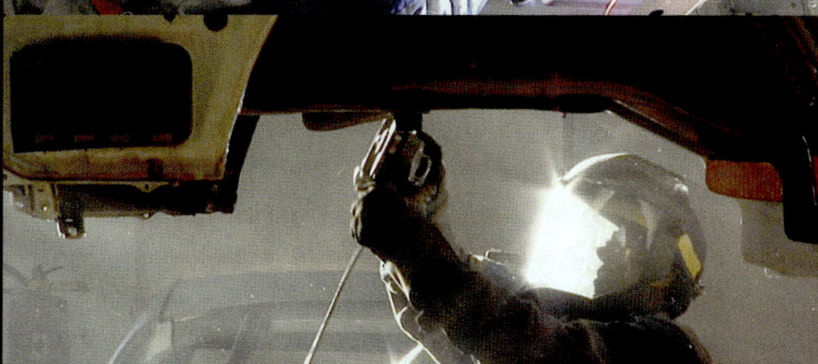

L'éducation

L'ignorance des Terrienaux sur l'univers est probablement due aux programmes très restreints qui leur sont proposés durant leur jeunesse.

Les Terrienaux semblent focalisés sur des notions abstraites, au lieu d'apprentissages concrets qui pourraient leur être utiles (maîtrise des rêves, contrôle de la respiration et du sommeil sur des périodes restreintes, développement de leur capacité à percevoir les énergies qui les entourent). Ceux qui sont tentés de développer leur potentiel de télépathie ou de télékinésie sont systématiquement découragés. Les Terrienaux sont, pour la plupart, concentrés sur le dénombrement d'objets ou de symboles.
Au lieu de leur apprendre à être autonomes, on leur apprend à s'insérer dans les rapports de hiérarchie de leurs parents.
Si bien que l'on peut penser que l'éducation ne sert qu'à les faire patienter jusqu'à ce que les plus anciens cessent d'être actifs.
D'ailleurs, plus les Terriens vivent longtemps plus l'éducation des jeunes semble s'allonger.

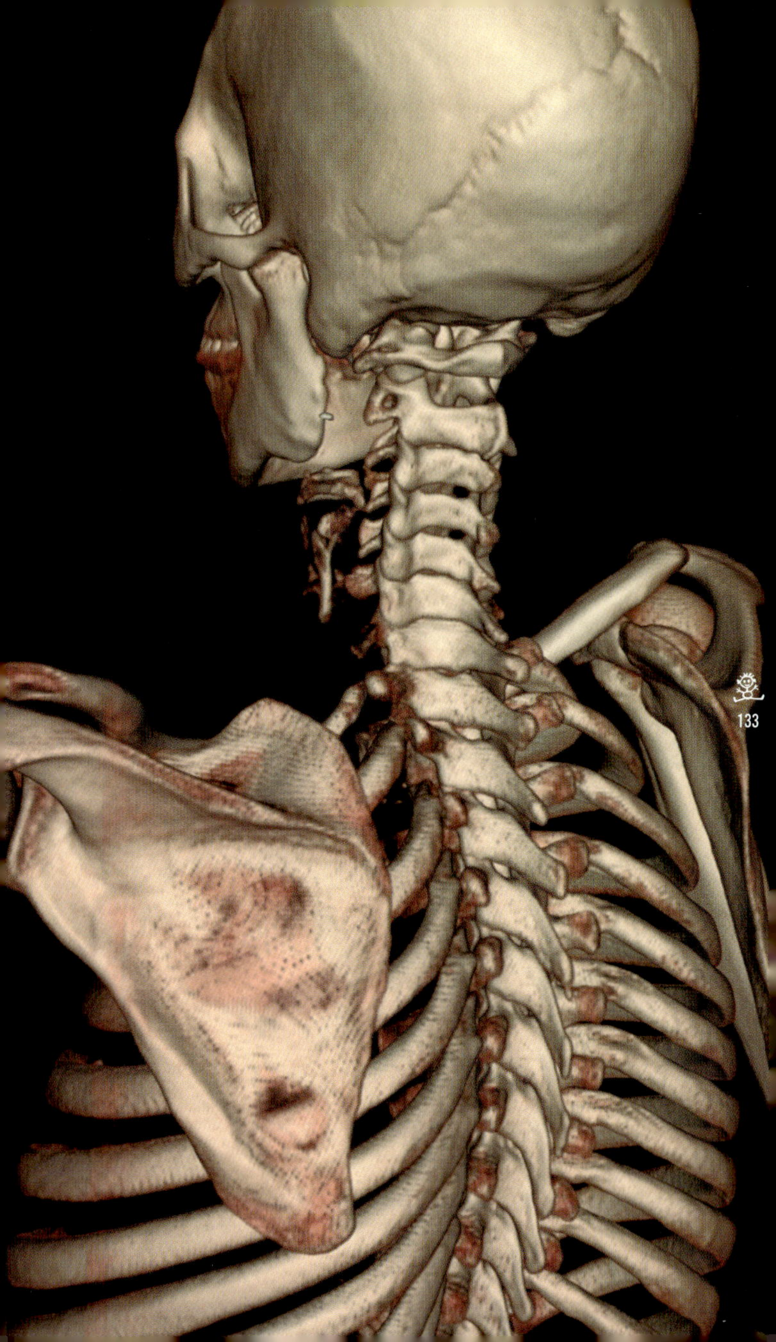

Les anciens

Lorsqu'ils auront livré au monde tout leur talent et toute leur originalité, les vieux Terriens devront cependant renoncer au plaisir de travailler.

Là encore, comme mus par un appel secret ou guidés par des petits êtres poilus, ils iront rejoindre le sanctuaire des anciens.

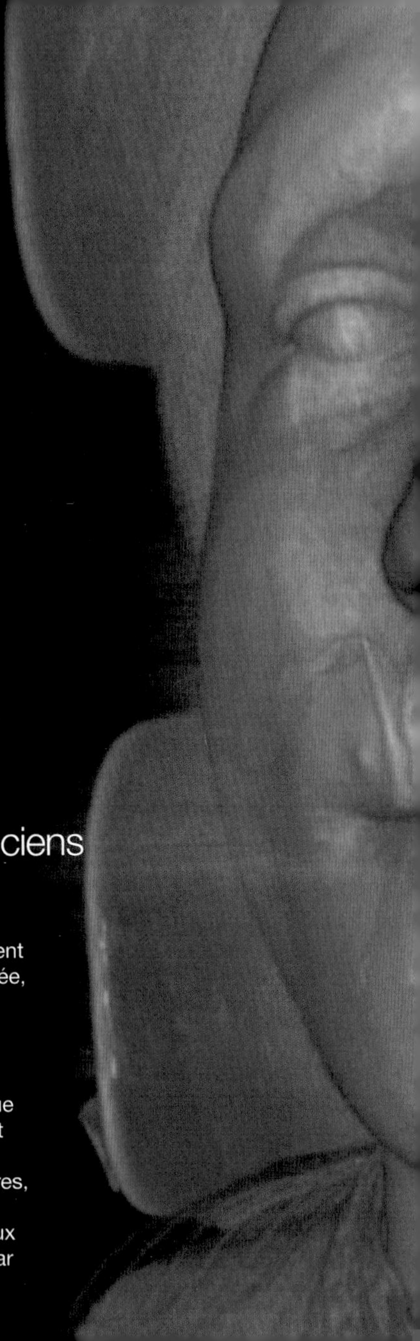

La beauté des anciens

Avec l'âge, les Terriens deviennent de plus en plus beaux. Leurs cheveux prennent enfin une jolie couleur argentée, leur peau se plisse en stries ondulées et gracieuses.

Les plus adroits parviennent à trembler avec une rythmique régulière. Certains s'amusent à démonter leurs mâchoires pour les remplacer par d'autres, de couleurs différentes. Quand ils échangent entre eux leurs mâchoires, ils le font par l'entremise d'un verre d'eau.

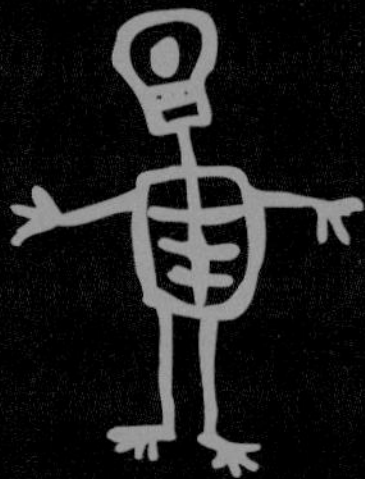

La mort

Les Terriens sont des animaux dangereux, mais ce sont aussi des animaux fragiles. Une simple pression sur leur gorge peut stopper l'ensemble de leurs fonctions vitales. Le plus surprenant est qu'ils semblent croire que leur esprit et leur chair sont indissociables. Ils n'ont pas encore pris conscience que leurs « âmes » sont immortelles. Ils ont un comportement très étonnant avec leurs cadavres. Ils ne les mangent pas, ils ne les rendent pas à la nature. Comme leurs ordures, ils les mettent de côté et les collectionnent. Comme nous l'avons vu, lorsqu'ils sont contents les Terriens sont secoués de spasmes et poussent des petits glapissements secs. En revanche, lorsqu'ils sont malheureux, ils laissent exsuder de la commissure de leurs yeux un liquide transparent et salé qui n'est pas sans rappeler le goût de leur sang.

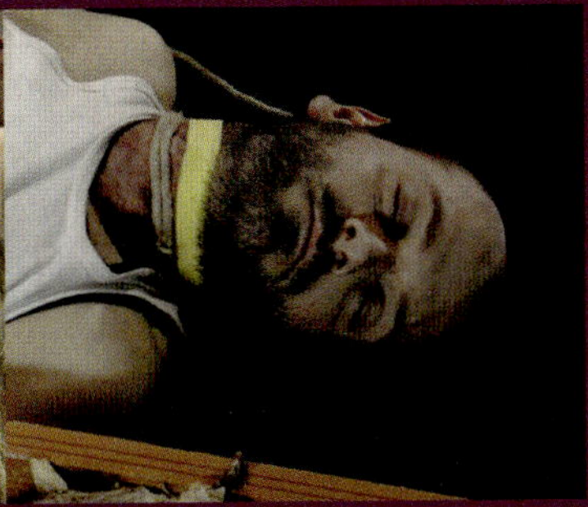

Ils ont un comportement
très étonnant
avec leurs cadavres.
Ils ne les mangent pas,
ils ne les rendent pas
à la nature.

**Comme leurs ordures, ils les mettent de côté
et les collectionnent.**

Renouvellement

Les Terriens ne cessent de mourir et de naître.

Ils n'ont aucune conscience de leur nombre et semblent avoir perdu toute maîtrise de leur natalité, comme de leur mortalité.

Aucun système de régulation n'est établi car ils ne se soucient pas de l'impact de leurs troupeaux sur leur territoire.

D'après nos observations et nos calculs, il apparaît au moins 4 Terriens par seconde pour 1 qui meurt.

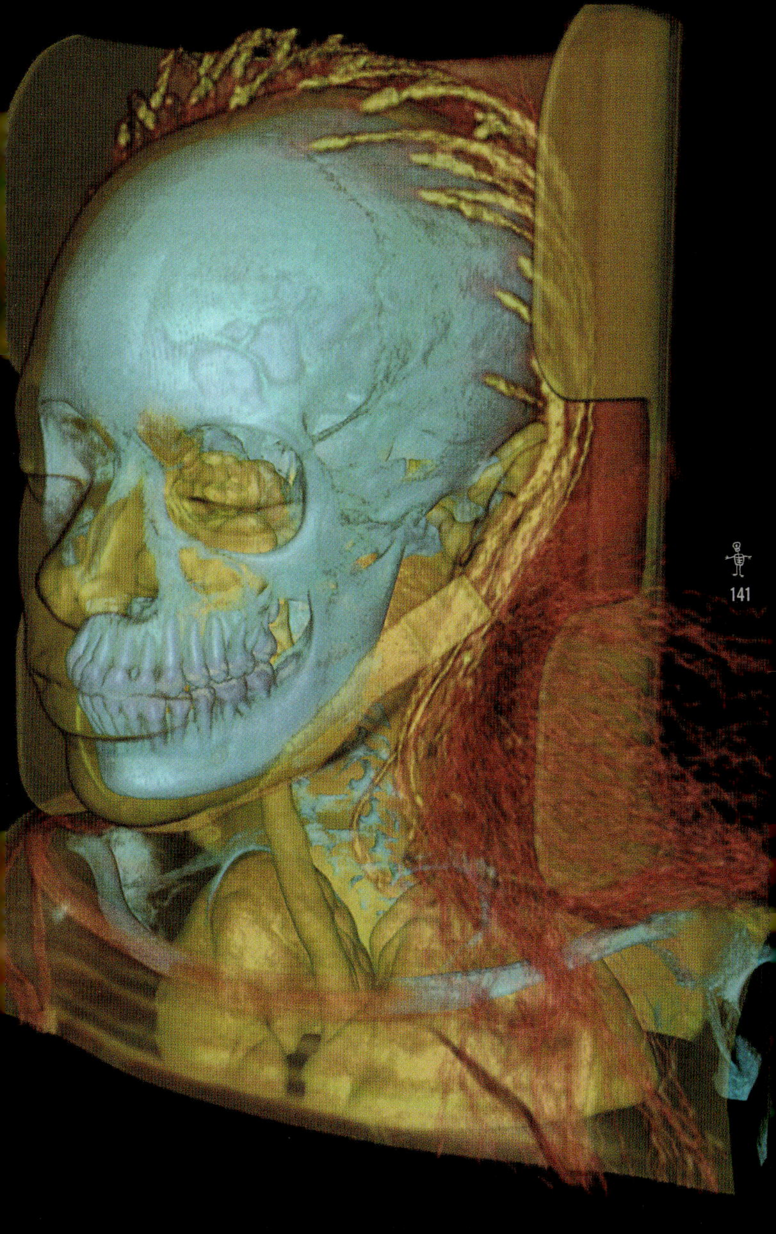

Nous ont-ils vus ?

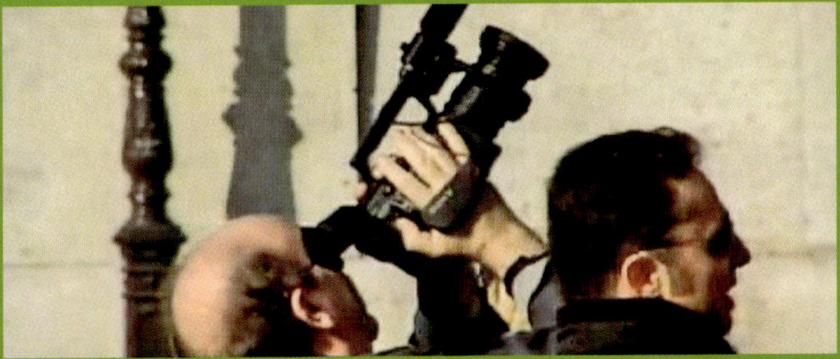

Leurs instruments d'observation les plus puissants semblent incapables de nous repérer dans l'espace.

Ils ne sont pas prêts de prendre conscience de notre existence…

De toute façon,
ils paraissent pour
l'instant surtout
préoccupés de se
scruter eux-mêmes
pour se comprendre.

Probablement, se figurent-ils
être la seule espèce vivante
et intelligente de l'univers.

Même si, comme on le distingue sur cette image rare, ils possèdent des engins spatiaux qui rappellent les formes de nos vaisseaux les plus archaïques, les Terriens ne semblent pas avoir une technologie suffisamment avancée pour quitter seuls leur système solaire.

Que penser des Terriens ?

Sont-ils fréquentables ?
Peut-on envisager de créer un dialogue avec des êtres aussi... exotiques ?
Reconnaissons qu'ils sont :
persévérants dans leurs projets,
comiques dans leurs comportements,
émouvants dans leurs rapports mâles femelles.
Leur regard a parfois quelque chose de bouleversant.
On peut même les trouver «mignons».
Leur principal problème, c'est que la peur les rend aveugles.
Ils mordent par crainte d'être mordus.
Ils compliquent leur vie là où elle pourrait être simple.
Dans ces conditions, il semble qu'il soit encore trop tôt pour établir un contact direct.
Ils ne nous comprendraient pas.
Ils ne pourraient même pas saisir notre mode de vie si différent du leur.

Nos dernières études montrent qu'ils ont réussi à faire décoller leurs engins spatiaux. Ceux-ci n'arrivent à parcourir, pour l'instant, que de minuscules distances, à des vitesses ridicules. Cependant, ils sont en perpétuelle évolution et leur population ne cesse de croître.

Bientôt, ils seront trop nombreux sur leur planète et, à la vitesse où ils l'épuisent, ils devront la quitter. Leur technologie ne cessant de progresser, ils finiront par découvrir notre existence comme nous avons découvert la leur.

Et alors, la rencontre sera inévitable.

Préparons-nous à les accueillir un jour.

ENTRETIEN

Boris Cyrulnik
Bernard Werber

Paris, Les Films 13
Décembre 2006
Propos recueillis par Gwenaël Douguet

Le cinéaste est-il un éthologue à sa manière ?

Boris Cyrulnik – Tous ceux qui aiment observer les autres, qui s'intéressent aux autres, sont des éthologues. Donc les cinéastes le sont effectivement. Surtout les cinéastes de rue parce que la rue est le milieu naturel de l'homme, et ce film est plein de séquences de rues.

Vous dites que la rue est le milieu naturel de l'homme, mais le film laisse entendre que ce sont les souterrains où l'homme se sent mieux, plus tranquille… qu'il aime s'y retrouver pour s'y sentir à l'abri ?

Boris Cyrulnik – C'est un fantasme. Les enfants persécutés s'imaginent volontiers plongeant sous l'eau, à l'abri de dômes où, souvent, ils s'aménagent des souterrains avec des animaux pour fuir les autres êtres humains. Effectivement, quand on a peur, on construit des souterrains. Durant la guerre froide, des quantités de gens en ont fait, pour se protéger du risque atomique. À Montréal, quand le climat est trop dur, on creuse des souterrains sous la neige.

Bernard Werber, vous êtes un observateur de l'homme, vous avez commencé par l'écrit, enchaîné avec une pièce de théâtre *Nos amis les humains* et vous portez aujourd'hui votre regard sur l'espèce humaine via le cinéma, est-ce un cheminement logique ?

Bernard Werber – À la base il y a cette question : « Qui sommes-nous ? » Elle se posait déjà dans *Les Fourmis* ou dans *L'Empire des anges*. La seule manière d'y répondre était de placer le regard autour de l'homme. Dans *Les Fourmis* c'est l'infiniment petit qui nous regarde. Dans *L'Empire des anges*, ce sont les anges qui nous observent d'en haut. Dans la série des extra-terrestres, j'ai voulu placer la caméra au plus loin, au téléobjectif. J'ai eu pour la première fois cette idée en 1992, je l'ai traitée dans *Leçons de choses*, une nouvelle que j'avais proposée sur Internet. Par la suite, c'est devenu *Apprenons à les aimer* dans le recueil de nouvelles *L'Arbre des possibles*, puis *Nos amis les humains* en court métrage et sous forme d'une pièce de théâtre et, enfin, *Nos amis les Terriens*, le long métrage produit par Claude Lelouch. Avec toujours cette idée : trouver une perspective non humaine pour parler de nous, un miroir plus ou moins déformant selon sa position et son angle.

Vous partez de l'homme et de la femme, une sorte d'Adam et Ève et vous « creusez » la notion de couple, l'explorez au travers de ses peurs, ses fantasmes mais à aucun moment il n'est question de religion. Vous qualifiez juste les églises de vaisseaux antiques ?

Bernard Werber – La religion est un concept tellement bizarre, tellement magique que je ne vois pas comment les extra-terrestres pourraient l'appréhender. Nous sommes partis de règles précises sur ce que comprennent les extra-terrestres et ce qu'ils ne comprennent pas. Ainsi, ils ne comprennent pas notre langage. Or on ne peut distinguer la religion qu'à travers le langage, sinon nous voyons juste des gens qui ont des costumes différents, comme les prêtres, qui se réunissent avec d'autres dans des endroits particuliers, restent immobiles, en faisant de petits mouvements avec la bouche. Ce serait ça, la religion, pour les extra-terrestres. Donc quelque part, pour eux, ce concept n'existe pas. Dans le postulat de base, ils sont plus intelligents que nous. Ils ont donc probablement compris des choses que nous n'avons pas comprises. Il est peu probable qu'ils vivent la notion de religion comme nous la vivons. Nous sommes encore dans la superstition alors qu'eux seraient plutôt dans une notion de perception spirituelle de l'univers.

Boris Cyrulnik – Tu leur fais quand même dire que les terrestres croient que l'âme et le corps, c'est la même chose, alors qu'eux savent que l'âme survit au corps pendant très longtemps. C'est une petite allusion métaphysique sinon religieuse.

Bernard Werber – C'est le seul petit clin d'œil à la religion et il émane du rituel de la mort. Enterrer les cadavres, finalement, c'est incompréhensible pour eux. Pour nous c'est une évidence. Mais cela sous-entend un irrationnel, une dimension « sacrée » du cadavre. Alors que chez les rats ou d'autres animaux, on mange les cadavres.

Boris Cyrulnik – Tout à fait. Et la première sépulture est probablement à l'origine de l'art et de la religion. On ne peut pas jeter le corps de quelqu'un que l'on aime encore. Il est mort dans le réel mais vit encore dans notre mémoire, donc, on lui fait une sépulture. C'est la naissance de l'esprit religieux, l'esprit métaphysique... Alors qu'on voit bien que son corps est là, le défunt vit ailleurs, il vit encore en nous. Ne pouvant le jeter, on va peindre des cailloux, disposer des fleurs. On fait du théâtre. Donc probablement la religion et le théâtre naissent de l'insupportable de la représentation de la mort. En conséquence tu l'as presque mis en scène à ton insu.

Bernard Werber – Cette scène de l'enterrement, telle qu'elle arrive dans le film, est une scène d'apothéose. Toute cette histoire de l'humanité vécue en réduction dans la cage[1] sert finalement à créer

1 - Dans le film, les extra-terrestres observent les humains dans leur « milieu naturel », mais ils en ont aussi capturé un groupe qu'ils ont placé dans une cage de verre, en vase clos.

un monde imaginaire de l'après-vie, à construire une autre notion, une pyramide. Il y a là un autre clin d'œil à la religion. Ils veulent s'élever pour essayer de voir ce qu'il y a « au-dessus ».
C'est une référence à la tour de Babel. Dans le texte original, il est dit que le roi Nemrod, un roi chasseur, l'avait fait construire pour approcher Dieu. Une fois arrivé au sommet, il a levé les yeux et a dit : « Je ne vois toujours pas Dieu. » Il a alors demandé qu'on lui donne un arc et a tiré une flèche vers les nuages en s'exclamant : « Je suis si haut, je devrais le toucher ! » Dans le film, ils construisent leur tour de Babel pour essayer d'approcher, non pas Dieu, mais « leur » dieu qui serait, pour eux, les extra-terrestres qui les ont capturés. Leur questionnement religieux serait : qu'est-ce qu'il y a au-dessus qui nous manipule, nous nourrit, a la possibilité de nous enfermer, de nous kidnapper et peut-être probablement de nous tuer ? Cela fait des extra-terrestres le centre de la religion de la cage.

Vous parlez d'aller toujours plus haut et vous évoquez dans le film la notion de l'homme qui veut voler pour justement essayer de s'élever mais sans jamais y parvenir ?

Bernard Werber – Cette idée est née d'une discussion avec Claude Lelouch. On essayait de définir en quoi les extra-terrestres étaient différents de nous. Il s'ensuivit un délire. Nous nous amusions beaucoup dans les commentaires et nous avons imaginé des buildings, de plus en plus haut, destinés en fait à permettre aux Terriens de prendre leur envol… jusqu'alors sans succès. Au fur et à mesure, on a créé une sorte d'extra-terrestre fantasmatique doté des potentiels qui nous manquaient. Un extra-terrestre défini par nos carences. L'incapacité à voler, à gérer la mort, à envisager la conscience de l'animal que l'on mange… Tout cela me semble freiner notre évolution de conscience. Peut-être que des extra-terrestres qui, eux, auraient ce niveau de conscience, s'amuseraient à nous voir encore « patauger » comme nous le faisons.

Peut-on faire un rapprochement entre le poulet, l'animal que vous montrez, qui se retrouve déplumé et l'homme que vous déplumez à votre manière au fur et à mesure du récit ?

Bernard Werber – Oui. La scène du poulet est pour moi très importante. Elle est faite pour déstabiliser. Elle est choquante. En même temps, il y a cette idée que l'homme finira par se comporter envers lui-même comme il s'est comporté avec les autres animaux. Donc regardons les abattoirs ! C'est à un moment où à un autre ce qui se retournera contre nous parce que l'homme est son unique prédateur. Cette scène des poulets me semble importante pour montrer aussi notre difficulté à communiquer avec les autres espèces.

Boris Cyrulnik – Tu sais qui a écrit ce que tu viens de dire ? Claude Lévi-Strauss et Marguerite Yourcenar l'ont presque dit avec tes mots. Donc tu es en bonne compagnie.

Bernard Werber – Au bout d'un moment, surtout concernant les abattoirs, peu d'humains ont ce « privilège » de savoir exactement comment ont été traités les animaux qu'ils mangent. Peut-être aussi que peu d'humains ont envie de le savoir. Je suis conscient que dans le film cette scène peut gêner dans la mesure où beaucoup de gens préféreraient manger leur poulet tranquillement !

Boris Cyrulnik – On ne mange pas un poulet, on mange un produit alimentaire. Tu le montres très bien dans ton film. On mange quelque chose qui a été préparé, un filet mignon, une cuisse. Ce n'est plus un animal, c'est un plat.

Bernard Werber – Personnellement, ça me gêne de manger des animaux dont je vois la tête. Je ne sais pas pour vous, mais moi, voir une petite caille avec les cuisses, les yeux « raplapla », j'ai du mal ! Je crois que c'est un truc d'enfant. Tous les enfants sont d'abord gênés en voyant cela. Après on leur dit : « Attends, c'est de la nourriture ! »

Boris Cyrulnik – Lorsque j'étais en neurochirurgie à Paris, je ne pouvais pas manger de cervelle. Quand on m'en servait, je voyais avant tout un cerveau, même s'il y avait du beurre, des herbes dessus. Je ne pouvais pas en manger. Parce que ce n'était plus un produit alimentaire, c'était un morceau d'être vivant. Donc je ne pouvais pas manger un morceau de cadavre.

Vous aviez l'impression de manger un « morceau » d'intelligence ?

Boris Cyrulnik – Non, une partie d'un être vivant. L'intelligence est entre nous. Ni en vous, ni en moi, mais entre nous. C'est-à-dire que si vous me trouvez intelligent, ce qui est possible, c'est que vous m'avez rendu intelligent. Et inversement.

Vous dites souvent que nous ne sommes que ce que nous renvoie le regard de l'autre ?

Boris Cyrulnik – Tout à fait. Nous sommes non seulement ce que l'on est par rapport au regard de l'autre, ce que Bernard montre dans son film, mais aussi ce que l'autre fait de nous. C'est-à-dire que vous pouvez très bien me rendre idiot, m'hébéter, me faire taire, me transformer en produit alimentaire, m'égorger, m'enfermer, me déporter, me rééduquer, vous pouvez faire ce que vous voulez à condition d'être au sommet de la pyramide. C'est-à-dire d'avoir l'armée, le pouvoir, l'argent, l'emprise. Comme on le voit dans les relations de dominants. Dans un milieu écologique sans culture, on est dominant par la force physique. Mais dans un milieu cultivé nous sommes dominants par le diplôme, le portefeuille et moins par la force physique.

Y aurait-il un déterminisme ?

Boris Cyrulnik – Il y a un million de déterminismes. Ils se trouvent dans les transactions entre nous et ce qui est autour de nous. Donc, on est pétri, façonné par ces multiples déterminismes et c'est pour cela que je trouve l'hypothèse de Bernard très amusante. C'est une hypothèse éthologique. Renverser la perspective et observer l'homme comme si nous n'en étions pas. Donc tout devient étrange. Le banal disparaît. Tiens, pourquoi courtise-t-il la fille ? Pourquoi y a-t-il un ballon dans les airs ? Pourquoi s'agitent-ils ? Le banal disparaît. Comme lorsque nous observons un animal vivant dans son milieu naturel où tout devient étonnant. Tiens, pourquoi hérisse-t-il ses plumes ? Pourquoi pousse-t-il ce cri étrange ? C'est presque un film d'anthropologie, naturaliste, et non pas structuraliste comme on dit. Il s'intéresse aux animaux. Ce film pose une quantité de questions anthropologiques, c'est-à-dire sur la condition humaine.

Bernard Werber – Des images t'ont choqué ?

Boris Cyrulnik – Oui, mais tu as fait exprès de le faire. On rit souvent dans ce film, d'un rire un peu angoissé parfois... Quand on voit deux squelettes faire l'amour, c'est assez amusant de voir le pénis dans le vagin et le préservatif éclaté. D'ailleurs, Rimbaud a écrit des poèmes sur des squelettes faisant l'amour. Une fois encore, tu nous dis de regarder l'homme comme si c'était une chose, puisque les extra-terrestres ne savent pas encore se mettre à la place de l'homme. Donc, ils nous regardent comme si nous étions des choses, des organes en train de se pénétrer, des os en train de s'accoupler.

Tout est désincarné avec cette approche ?

Boris Cyrulnik – On « scientifise » tout. Mais c'est exactement ce que nous faisons avec les animaux ou avec les étrangers. Quand on ne parle pas la même langue, qu'on n'a pas la même couleur, la même religion, la même pensée, on a tendance à « chosifier » l'autre. Puisqu'on ne parle pas sa langue, où plutôt puisqu'il ne parle pas la nôtre, ce n'est pas tout à fait un humain.

L'autre est différent donc on l'élimine ?

Boris Cyrulnik – On peut l'éliminer sans culpabilité. On peut le manger comme le morceau de cuisse de la jeune fille dans le film. On peut le goûter, voir s'il est « bon ». Il n'est pas comme nous, donc, si on le tue ce n'est très grave. Les poulets en batterie ça n'est pas très grave. Tuer des êtres que nous appelons « hommes » (mais nous n'en sommes pas pour les extra-terrestres), ce n'est pas très grave. Dès l'instant où l'on ne peut pas se mettre à la place de l'autre, on peut l'éliminer sans aucune culpabilité.

Bernard Werber – Les extra-terrestres sont pourtant choqués de voir que l'on élimine, nous, les poulets ! Ils se disent, il y a une civilisation parallèle, à côté d'eux. Mais non seulement ils ne sont visiblement pas arrivés à discuter avec eux, mais encore ils essaient de les dépouiller de toute leur culture. Pour eux, le fait de nous voir massacrer les poulets dans ces machines, c'est de l'acculturation. Ils se disent « ça a été des parents qui éduquaient leurs petits » et puis on voit des pattes coupées qui passent. On s'est parfois demandé si on allait trop loin dans l'inconfort, la gêne. En même temps cet inconfort peut « éveiller » le spectateur.

Boris Cyrulnik – Tout à fait. Il y a quand même une question : quand ils observent les deux squelettes s'accoupler, le pénis pénétrer dans le vagin, comment savent-ils que c'est ainsi que nous faisons des enfants, c'est peut-être comme cela que nous faisons des vélomoteurs ? (rires)

Bernard Werber – Il fallait définir le niveau de curiosité, d'émerveillement et d'incompréhension des extra-terrestres. Et tout au long du commentaire, nous l'avons constamment redéfini. Qu'est-ce qu'ils comprennent ou pas ? Parce que nous sommes tellement habitués à tout faire passer par le langage, dès qu'on l'enlève, on s'aperçoit rapidement que l'on devient incompréhensible. La plupart de nos comportements le deviennent. Il y a une théorie qui m'a toujours fasciné : l'enfant se rappelle sa vie précédente jusqu'au moment où il apprend à parler. Dès qu'il acquiert le langage, ses souvenirs s'évaporent. Dès qu'il commence à parler, à intellectualiser, tout son savoir, sa connaissance passée, disparaissent. Le langage, loin d'être un plus, marque alors peut-être la disparition d'une sorte de connaissance primordiale.

Boris Cyrulnik – Tu parles des découvertes des neurosciences d'aujourd'hui. C'est-à-dire qu'il y a deux mémoires. Une sans souvenirs. Et dès l'instant où l'on parle on l'enfouit. Elle ne disparaît pas, mais on l'enfouit sous le langage. Et on ne se rappelle que la mémoire des mots et des images, comme dans un film.

Deux mots sont passés sous silence dans le film, culpabilité et moralité ?

Bernard Werber – Ce sont deux mots qui, dans le schéma de base, n'existent pas chez les extra-terrestres qui ont dépassé ce stade.

Boris Cyrulnik – Parce qu'ils ne se mettent pas à notre place. Comme nous, quand on tue le poulet en batterie, nous ne sommes pas coupables puisque ce ne sont pas des humains. Pour l'extra-terrestre, nous sommes des objets d'observation. Nous les amusons scientifiquement peut-être beaucoup. Mais culpabilité pourquoi ?

L'humain dans le film n'a pas l'air non plus d'être véritablement taraudé par la culpabilité. Lorsque la femme et l'homme s'accouplent alors qu'ils viennent de perdre, chacun de leur côté un être cher, cela n'a pas l'air de leur poser de problème de conscience ?

Bernard Werber – Cela se passe souvent ainsi dans la réalité. (rires) Nous avions cette constante : les extra-terrestres ne nous jugent pas, ne nous décrètent pas gentils ou méchants. Ils regardent juste ce que nous faisons et essaient de l'interpréter. C'est un exercice d'autant plus difficile que l'école, nos parents, nous ont préparés à juger en permanence notre prochain, à juger les animaux, à juger tout ce qui nous entoure. Pour arriver à cette distanciation neutre, j'ai dû aller chercher un souvenir précis : l'observation de ma fourmilière[2]. Il y avait deux reines et donc une guerre entre deux groupes. L'une des reines a déclenché une sorte de putsch auquel j'ai assisté. Je me suis dit, il suffit que je mette mon doigt là, et c'est fini, les rebelles ont perdu. Mais je ne l'ai pas fait. Pourquoi ? De quel droit aurais-je décidé que ce groupe était le gentil et l'autre le méchant ? Cela aurait été abuser de mon pouvoir de « dieu de la fourmilière ». Ceux du putsch nt donc massacré les «légitimistes». Ils ont noyé la reine et abandonné son cadavre. Était-ce bien ou mal ? Le CNN local des fourmis n'était pas là pour interpréter l'actualité... Les extra-terrestres procèdent de la même manière, ils se contentent d'observer...

2 - Bernard Werber avait, chez lui, une fourmilière qui lui servit pour l'écriture de sa célèbre saga.

Boris Cyrulnik – Quand nous avons fondé nos premières sociétés nous n'étions pas nombreux sur terre. Il y a une époque où nous étions quelques dizaines de milliers. On les a fondées exactement de la même manière, comme dans le film. Un dominant prend le pouvoir, parce que c'est le plus adapté, parce qu'il prend un symbole du pouvoir. En milieu naturel, ce sont souvent les poils blancs. Un animal à poils blancs c'est un animal devant lequel on se soumet plus facilement. Pour nous, humains, dans un monde de technologie, le dominant est celui qui sait se servir des machines. Comment les aristocrates ont-ils fondé les premières sociétés ? En détruisant ceux qui ne voulaient pas s'intégrer à leur territoire, en les tuant sans aucune culpabilité. Puisqu'ils se tuaient même entre eux, dans la même famille, pour prendre le pouvoir, tant le pouvoir paraissait être la valeur suprême.

Le dominant et le dominé sont très présents dans le film. À un moment la voix off dit pourtant, « ni les gènes, ni le milieu, n'empêchent tout de même d'évoluer ». Est-ce à dire que le dominant peut devenir dominé lui-même et vice versa ?

Bernard Werber – Mussolini était, je crois, un militant et journaliste socialiste, défenseur des ouvriers avant de devenir un dictateur fasciste. Cela montre qu'il y a des bascules possibles. Staline, soi-disant représentant du peuple, s'est révélé une sorte de « super tsar ». L'étiquette n'a aucune importance. Seule importe la prise de pouvoir et c'est ce que l'on voit dans le film. Le leader établit des lieutenants qui vont être les relais de la terreur et lui permettre de ne jamais être remis en question.

Boris Cyrulnik – C'est ce que l'on voit dans toutes les sociétés avec des processus de socialisation archaïque. Lorsque, comme le dit une fille dans le film, « maintenant c'est les rapports de forces ». Et bien oui ! Quand la culture disparaît, les rapports de forces ressurgissent ; ce n'est pas forcément le plus fort physiquement mais souvent le plus fort psychologiquement, qui l'emporte. Quelqu'un susceptible d'établir une relation d'emprise. C'est lui qui devient le chef. Il ne prend pas le pouvoir parce qu'il est le plus fort mais parce qu'il est entouré de lieutenants qui lui confèrent le pouvoir. C'est comme cela qu'on fait les gendarmes, les aristocrates. Et aujourd'hui les leaders politiques qui agissent de la sorte.

Vous dites que l'homme oisif s'ennuie, qu'il adore les conflits. Ne peut-il vraiment vivre sans ?

Bernard Werber – Peut-être que le conflit lui permet de savoir où il se place : qui est « au-dessus », qui est « en dessous ».
J'ai travaillé en entreprise pendant dix ans, cela m'a d'ailleurs permis de le raconter en filigrane dans le film. J'ai vu chaque clan s'essuyer les pieds sur ceux des autres pour voir jusqu'où ils pouvaient aller avant de recevoir une claque. Avec le besoin de connaître cette limite. Dès le moment où ils s'apercevaient que le territoire était balisé, ils reculaient. Donc quelque part, ils définissaient un territoire. Quand j'étais journaliste, j'avais mon domaine (les sciences) et je ne pouvais parler d'un autre sujet sans risquer d'empiéter sur la zone d'un autre. C'était territorial. Jusqu'au moment où cela a atteint un niveau d'abstraction total : on n'écrivait plus du tout d'articles, on ne faisait que gérer des conflits territoriaux et des guerres de chefs de service. J'ai fini par m'enfuir !

Boris Cyrulnik – Dans les milieux scientifiques, un chef qui choisit son territoire, la biologie, les neurosciences ou la psychologie, prend le pouvoir parce qu'il a des diplômes. Le diplôme représente aujourd'hui l'épée des siècles passés. Le « chef » a des lieutenants qui veulent grimper dans la hiérarchie donc, qui font écho à la voix du maître. Et si tu marches sur leurs plates-bandes, c'est forcément que tu es moins légitime, moins compétent puisque tu passes d'un domaine à l'autre, alors qu'eux n'en ont qu'un, leur « spécialité » ! Ils te font savoir que tu es sur leur territoire. Ils te chassent, t'agressent, te mordent. Dans les milieux scientifiques aussi, c'est donc la même chose.

Bernard Werber – Il y a aussi dans le film l'allusion au bouc émissaire, c'est-à-dire au pouvoir qui se construit sur la dénonciation d'une minorité, qu'il faut persécuter au nom de l'ordre du groupe. Chez les hommes, on voit cela dès les premières sociétés : définir l'étranger, celui qui est différent, qu'ils vont exclure afin de pouvoir se définir eux-mêmes.

La peur entre-t-elle en jeu ?

Boris Cyrulnik – La peur est nécessaire pour construire un groupe. Une peur consciente parce qu'elle est utilisée comme telle par le dominant et ses lieutenants. D'abord parce qu'elle érotise le plaisir d'avoir peur. On voit ainsi des jeunes qui prennent des risques puis sont complètement euphorisés. De plus, si l'on s'associe pour affronter la peur, on va s'aimer, donc, elle est un liant affectif. Et enfin, si on triomphe ensemble de quelqu'un qui vous a fait peur, on va se rassurer mutuellement, se sentir mieux. C'est pourquoi, souvent dans ces groupes-là, il faut porter le même uniforme, avoir les mêmes tics et comportements.

Et alors, si par bonheur, il y a un bouc émissaire, ou même un animal émissaire – je crois que les poules ont des « poules émissaires », les singes en ont aussi, j'en ai vu – quand on écarte l'animal en question, le groupe explose de violence et il lui faut plusieurs mois pour se réorganiser, se régulariser et désigner un nouveau « sacrifié ». C'est le mot important. Sacrifice d'un membre du groupe…

Une tête de turc ?

Boris Cyrulnik – Voilà ! On pourra dire que le mal vient de lui puisqu'on est merveilleux et pourtant, on se sent mal. Donc c'est la faute d'un autre. C'est à cause de lui puisqu'il est différent. René Girard a très bien expliqué cette fonction du bouc émissaire, c'est un excellent solidifiant des groupes.

En Égypte, on brûlait les roux car différents. Dans la cour de récréation c'est toujours le petit, le gros, celui qui porte des lunettes qui trinque…

Boris Cyrulnik – Oui, le « différent ». Les albinos, par exemple. Chez les Perses, qui pourtant étaient très civilisés, ceux qui avaient le poil blanc étaient en effet mis en cage car différents. Comme dans le film. Et comme cela les rendait malheureux, ils devenaient agressifs ! Les Perses disaient : avoir le cheveu blanc rend agressif. Ils extrapolaient de fausses relations de cause à effet. Les albinos étaient observés de loin. Quand on les nourrissait, comme dans ton film, on le faisait à distance. Cette situation les rendant malheureux et agressifs, on concluait que cela provenait de leur pigmentation inhabituelle.

Avec ce film peut-on faire un lien avec vos écrits sur la résilience : les deux principaux protagonistes ne semblent en effet pas tellement traumatisés par la perte de leur compagnon respectif, leur vie se poursuit ?

Boris Cyrulnik – Je n'y avais pas pensé. En regardant le film de Bernard Werber, je pensais plutôt à la naissance de la condition humaine, des sociétés. Qu'est-ce qui fait que l'on se soit arraché à l'animalité ? Que l'on se soit « hominisé » ? Que l'on se soit « humanisé » ? On s'hominise, quand on se met à marcher debout : on quitte le monde animal. On s'humanise en passant aux règles. Dans le film, quand leurs conjoints disparaissent, ils sont malheureux et se sécurisent mutuellement par la sexualité qui est un grand tranquillisant. Dans toutes les périodes de guerre, de bouleversements, la sexualité est très valorisée, très fréquente car c'est un excellent tranquillisant. Après les périodes de deuil, il y a très souvent une hypersexualité. Là, j'aurais plutôt pensé à la naissance de l'humanité qu'à la résilience.

Bernard Werber – Cela m'amusait de montrer que l'on puisse plus facilement se tromper en milieu naturel qu'*in vitro*. Finalement, il m'a semblé que ceux de la cage avaient davantage besoin de se rassurer mais que, malgré tout, ils respectaient des principes de fidélité plus longtemps. C'était une manière d'avoir une distance par rapport au corps humain et de parler également de l'amour. Le thème du film, c'est aussi : les hommes et les femmes arriveront-ils à communiquer, à s'entendre, à bâtir un monde meilleur ?

En cage, s'enferment-ils dans d'autres cages intérieures ?

Bernard Werber – La cage a montré qu'il y avait une sorte de pudeur plus difficile à faire tomber. Tout du moins chez les deux principaux personnages. Ensuite, c'est au spectateur d'interpréter. Les deux capturés sont plus dans la résistance au laisser-aller que ceux restés en milieu naturel. Peut-être parce qu'en milieu naturel nous sommes aussi habitués à avoir des relations faciles alors que la situation provoquée par la cage, sous la menace d'une observation inconnue, incite à plus de prudence et de tension.

Boris Cyrulnik – Dans ton film, ce sont les deux filles qui ont incorporé les règles le plus profondément, et ce sont les deux hommes qui « tentent leur chance » en premier. Les deux femmes d'abord les repoussent, jusqu'au moment où elles sont suffisamment anxieuses pour les solliciter à leur tour. Beaucoup de féministes disent que les filles sont beaucoup plus soumises aux contraintes culturelles. Et c'est vrai qu'elles intègrent beaucoup mieux les règles culturelles. Par exemple, à l'école, deux garçons sur trois commettent des petites transgressions alors que les filles ne sont que 20 % à le faire. Ou bien les filles se soumettent plus à la culture ou la culture les soumet plus ?

Bernard Werber – Peut-être, aussi, parce que ce sont elles qui doivent transmettre l'éducation ; on est sûr qu'une mère va éduquer son enfant, le père pas toujours...

Boris Cyrulnik – C'est peut-être là une contrainte : effectivement, chaque fois qu'un homme et une femme font l'amour, c'est toujours la femme qui, statistiquement, tombe enceinte ! (rires) Donc l'engagement n'est pas le même. Peut-être est-ce pour cette raison que les femmes « internalisent » mieux les codes culturels, pour mieux les transmettre...

À propos de l'intelligence la voix off pose cette question : « L'humain est-il intelligent ? » et répond : « On pourrait penser que non, tant est grande sa capacité à détruire tout ce qui l'entoure. »

Bernard Werber – Cette phrase est issue d'une anecdote de tournage : sur le plateau, on avait confié à une fille un rubicube. Elle a commencé à le manipuler avant de finir par le casser. C'était une figurante. Elle était toute gênée. Nous avons cherché un autre rubicube, sans succès. C'est l'avantage d'être scénariste et réalisateur : j'ai changé le script et ça a donné ce commentaire : « Ils cassent tout ce qu'ils touchent, surtout si c'est un exercice d'intelligence. » On voulait traiter de l'intelligence avec cette idée : on va filmer et voir où ce thème se matérialisera. Il faut dire que le film s'est beaucoup fait ainsi, comme un documentaire sur les singes. On s'est installé avec une caméra équipée d'un téléobjectif et on a « guetté » ce qui se passait dans la rue, à l'insu des passants, en leur demandant ensuite leur accord lorsqu'on les avait filmés. Puis on a visionné tous ces rushs. Et à chaque fois, avec l'équipe, on se disait : « Qu'est-ce que cela nous inspire ? » Avec cet avantage d'avoir non plus des acteurs qui interprètent un rôle, mais des gens pris sur le vif, accomplissant des actes extraordinaires. Quand on filme les gens dans la rue, ils font des trucs très bizarres. Il y a, par exemple, cette scène, impossible à imaginer dans le scénario original, du « baiser au sandwich régurgité », entre un homme et sa compagne, assise sur ses genoux. Nous n'aurions jamais osé faire interpréter cette scène par des acteurs.

En voyant un tel film, vous qui travaillez sur la matière humaine, avez-vous appris quelque chose sur l'être humain, découvert un autre visage, une autre image ?

Boris Cyrulnik – Je me suis amusé à voir comment on pouvait regarder un être humain comme si on était le « Persan » de Montesquieu, un complet étranger. Comment peut-on être « Persan » ? Comment peut-on être humain ? Qu'est-ce que ce mystère d'être un être humain ? C'est pour cela que l'hypothèse d'observation de Bernard est très astucieuse. Elle m'a beaucoup amusé. Effectivement, comment percevoir l'être humain en deux séquences, trois gestes, deux mots. Là, il y a des illustrations très stimulantes.

Le propos par moments n'est-il pas réducteur, réduction rendue obligatoire par l'exercice cinématographique, l'outil employé, l'image ?

Boris Cyrulnik – Bernard Werber nous propose un schéma et des questions : comment fabrique-t-on de la culture, comment réagit-on quand on est observé de l'extérieur ? Est-ce que vraiment quand il observe, l'observateur ne modifie pas la condition de ceux qu'il étudie ? Donc, c'est un film qui pose des questions fondamentales de manière amusante, décalée, décentrée par rapport à nous-mêmes.

On se trouve bien dans la situation des Persans qui découvrent les Européens, avec ces extra-terrestres qui scrutent les êtres humains. Tout devient stimulant et étrange. Mais effectivement ce sont des schémas de raisonnement, avec tout ce qu'ils peuvent comporter de simplificateur… et donc d'essentiel !

Bernard Werber parlait de miroir, l'écran sert-il de miroir, en nous renvoyant nos propres pulsions, nos propres défauts, nos fantasmes ?

Boris Cyrulnik – Quand on apprend à observer, l'autre sert de miroir, d'écran. Mais on n'apprend pas à observer. Nous observons la condition humaine avec nos idées – et donc avec tous nos préjugés – et pas avec nos yeux. La phrase simpliste type c'est : regardez, tous les Noirs se ressemblent. Eh bien non ! Dès l'instant où on les connaît comme des hommes ils ne se ressemblent pas plus que nous. Mais quand on les observe avec un préjugé, ils se ressemblent effectivement tous. Bernard met exactement le doigt dessus. C'est-à-dire qu'avec cette astuce, il nous oblige à nous observer via le regard d'un autre, donc tout devient étonnant.

L'œil à ce moment-là devient plus fort que le prisme du mot ?

Boris Cyrulnik – Tout à fait. Il y a là un effet de loupe. Comme on regarderait des fourmis avec une loupe en remarquant que le coup du sandwich est étrange, que le poulet qui tombe du ciel est étrange. William Golding a écrit *Sa majesté des mouches*. J'adore ce livre. Il a eu le Prix Nobel de littérature et il en a fait aussi un film, avec un principe proche de celui de Bernard. Un naufrage se produit, les adultes meurent, les enfants survivent et arrivent sur une île déserte. Comment vont-ils apprendre à vivre ensemble ? Ils réinventent une société. Dans le film de Bernard, nous ne sommes pas sur une île déserte, mais dans la cage et sur Terre, sous le regard des extra-terrestres et à ce moment-là tout devient étrange.

Bernard Werber – La cage est une île déserte en soi. On y parque des êtres humains dans un territoire. Et c'est la phrase de Georges Brassens qui s'applique alors : « Dès qu'on est plus de deux, on est une bande de cons. » Je la compléterai en disant dès qu'on est deux, un chef apparaît… et il nous casse les pieds ! Et si nous sommes plus de deux, il nous casse encore plus les pieds. *A fortiori* à une vingtaine, c'est la terreur ! C'est sans doute lié au nombre.

Boris Cyrulnik – Au nombre, et aussi, à une adaptation à la condition expérimentale que les extra-terrestres ont organisée. Si nous sommes tous les deux seuls au monde, nous allons établir ou bien des rapports d'égalité, de partage, de protection et d'entraide ou bien, des rapports de domination. L'un des deux est plus fort physiquement, il a plus d'emprise, plus d'argent, plus de violence ? Dans ce cas, le dominé sera humilié. Lorsque nous sommes trop nombreux, on ne peut pas entendre tout le monde. D'où la réapparition des clans actuellement sur la planète, parce que le clan, c'est la pensée facile, la pensée paresseuse. Il y a un chef, qu'on va aimer, admirer, qui va nous protéger et nous dire comment il faut penser. La surpopulation nous fait redécouvrir les manières d'être ensemble, que l'on soit animaux ou humains.

C'est ce que vous dites à propos des dictateurs : « Si on ne sait pas qui on est, on est ravi d'être pris en charge, que quelqu'un pense pour nous, on se laisse embarquer. »

Boris Cyrulnik – Pour le bonheur « dans la soumission », le bien-être que procure l'obéissance. Et si quelqu'un se rebelle, il va être désigné comme le bouc émissaire et sera sacrifié. Son sacrifice nous permettra de nous aimer plus encore.

L'« autonome » n'est pas heureux ?

Bernard Werber – Il l'est, dans la mesure où il a fait un choix qu'il assume. Maintenant, sa position n'est pas confortable. Tout artiste indépendant est forcément dans l'angoisse. Pas de chef, pas de vie en société, pas de compte à rendre à des gens qui décident à votre place : cela a un prix. C'est l'inconfort. Le groupe, les petits barons, les lieutenants comme dit Boris, vont être tout le temps tentés de transformer l'indépendant en souffre-douleur. Parce que souvent, les artistes, on l'a vu avec les grandes dictatures, sont les premiers à se rebeller. Puisqu'ils ne jouent pas le jeu. Il y a cependant un paradoxe chez l'être humain moderne : il réclame tout le temps la liberté mais si on la lui offre, il est bien embêté. Donc ce qu'il aime, c'est avoir un dictateur pour dire : « Mort au dictateur et vive la liberté ! » Vous la voulez ? Prenez-la, démerdez-vous. Alors, ils n'en veulent pas. Ils sont paniqués.

Comme avec le pouvoir de la télécommande ?

Bernard Werber – Je voulais montrer que le premier laboratoire pour comprendre l'être humain, c'est le couple. Qui porte la culotte ? Je me suis longtemps demandé ce que voulait dire cette expression. Est-ce le premier qui occupe les toilettes ? Non, en fait il y a cet instant précis, dans le film, où les deux protagonistes, après avoir passé deux heures à regarder la même chose à la télévision, ne sont plus d'accord sur le programme et, à ce moment-là, ils

« piaillent ». La télécommande devient alors le sceptre du pouvoir au sein de la plus archaïque des sociétés, le couple. Cela me semblait intéressant de le montrer et, après, d'amener la télécommande dans la cage pour dire que c'est le nouveau sceptre moderne : ces petits boutons sont le choix et le pouvoir pour ceux qui savent choisir et assumer ce pouvoir.

Boris Cyrulnik – À un moment tu fais poser la télécommande sur le front du leader, comme une arme. Cela veut dire : « Je peux te tuer. » C'est la psycho-commande. Dans les pays à dictature, il y a une manière unique de penser, une ou même dix chaînes de télévision qui appartiennent toutes au dictateur et qui disent toutes la même chose avec des langages différents. C'est donc vraiment une psycho-commande.

Par rapport à votre vision de l'être humain, vous êtes optimiste ou pessimiste quant à son devenir ? Vous vous placez du côté de l'extra-terrestre et vous vous dites : « Je laisse l'être humain se dépatouiller seul... »

Bernard Werber Tous les matins, je lis le journal et j'ai une vision planétaire des aventures de mon espèce. Et cette vision que nous renvoient les journalistes c'est : ça va de pire en pire. Donc en toute logique, je suis, sur le court terme, pessimiste. Mais ce que dit aussi le film, en filigrane, c'est que même si on casse tout, si on détruit tout, si on s'entre-tue, s'il ne reste que quelques dizaines d'êtres humains, ils ont au fond de leurs gènes une capacité à « faire » l'art, l'humour et l'amour. Potentiels qui font la beauté de notre espèce. Comme le disent les extra-terrestres, il faut se préparer à « les » rencontrer, à discuter avec « eux » car, malgré tout, ces humains sont des partenaires planétaires dignes d'intérêt. C'est tout le film : des extra-terrestres qui s'intéressent aux humains et qui finissent, somme toute, par les aimer.

Boris Cyrulnik – Mais, comment savent-ils que la planète est habitée par des êtres humains ? Parce qu'ils pourraient très bien décider que ce sont les vaches qui dominent la planète... On peut imaginer que, chez les extra-terrestres, les corps sont un signe de supériorité, donc en venant sur Terre ils feraient une déclaration de paix aux vaches ou aux éléphants ! (rires)

Bernard Werber – Ce sera aussi dans le deuxième épisode. (rires) C'est une question pertinente. Mais ce qui fait que les extra-terrestres pourraient penser que nous sommes l'espèce dominante c'est tout simplement l'ampleur de la déformation qu'opère l'homme sur son milieu naturel. Si je n'avais pas pris les hommes j'aurais choisi

– au hasard – les fourmis. Si quelqu'un débarque par hasard sur notre terre, il a plus de chance de tomber dans un champ, une forêt, sur une fourmilière que sur une cité humaine. Les fourmis sont beaucoup plus nombreuses que nous sur terre. Mais de nuit, on ne voit que les cités humaines. Nous sommes la seule espèce à pouvoir produire de la lumière, surtout d'une manière aussi intensive.

Je voudrais poser à Boris la même question, pessimiste ou optimiste ?

Boris Cyrulnik – Je suis optimiste parce que je pense que l'on court à la catastrophe et que l'évolution, y compris de la biologie humaine, se fait toujours par catastrophes. Catastrophe, c'est « cata » : coupure et « strophe » : reprise... d'une autre manière d'être. « Strophe », la poésie est scandée ainsi, il y a des scissions, des césures. Un début de vers sous-tend quelque chose et la deuxième partie est différente et il en résulte une évolution. Quelque chose change dans l'environnement et, il y a 65 millions d'années, les dinosaures disparaissent, catastrophe ! Mais, épanouissement des mammifères dont nous sommes issus. Aujourd'hui, il va peut-être se passer la même chose. Notre destruction actuelle de l'écosystème produira probablement une catastrophe ! Mais suscitera sans doute, l'apparition d'une nouvelle humanité, différente de celle filmée par Bernard.

Cela rejoint votre thèse de la résilience, celle d'une mort suivie d'une renaissance ?

Boris Cyrulnik – Voilà, mais une résilience « naturelle ».

Bernard Werber – Il y a cette idée des trois pas en avant, deux en arrière. Si on regarde l'histoire de l'humanité, il y a un moment d'apogée avec l'empire romain, puis surviennent les invasions barbares, on redescend d'une marche. Et on va attendre l'an 1500 pour retrouver le niveau de technologie, d'administration, de littérature, de culture qu'avaient les Romains... Donc on a fait trois pas en avant, deux en arrière. Mais au final, l'espèce, en perspective, ne cesse de progresser. Il y a actuellement un enjeu nouveau : les deux pas en arrière peuvent causer une impossibilité à effectuer encore trois pas en avant. C'est un facteur tout récent qui devrait être une préoccupation pour l'espèce (et les extra-terrestres qui nous observent). Ces deux pas en arrière peuvent être les derniers. C'est pour cela aussi que ce film existe afin que les gens prennent conscience que notre espèce est une espèce animale comme les autres. Mais une espèce qui a pris tellement de pouvoir qu'elle a la possibilité, non seulement de se suicider, mais encore de détruire le milieu dans lequel elle vit. Ce qui est unique dans l'histoire des espèces connues.

Boris Cyrulnik – C'est ce qu'on appelle l'évolution catastrophiste : la disparition des dinosaures qui permet l'épanouissement des mammifères. On se rend compte que 99 % des espèces vivantes à l'origine ont disparu. Actuellement, nous sommes en train de faire disparaître celles qui restent. Les espèces qui ont disparu l'ont fait par leur point fort, or notre point fort à nous, c'est la technologie, l'industrie et nous sommes effectivement peut-être en train de nous détruire nous-même, via notre point fort. Trop de cortex ! Nous sommes trop intelligents !

Peut-on voir aussi l'œil de l'extra-terrestre comme celui de l'adolescent regardant le monde des adultes ?

Bernard Werber – Dans la pièce de théâtre[3], on s'apercevait qu'au final, ceux qui regardaient les humains étaient des enfants extra-terrestres. Oui, je dirais plutôt l'œil de l'enfant. Lorsque nous sommes enfants, nous ne sommes pas encore forgés, notre esprit n'est pas encore rentré dans des cadres et nous observons tout avec curiosité et émerveillement. Ces qualités disparaissent au fur et à mesure que l'éducation (qui est censée être un tuteur), nous fige, réduit notre angle de vision. Je verrais cela comme un tunnel. Quand nous sommes enfants, nous voyons tout l'horizon et, en devenant adultes, le tunnel commence à apparaître, nous indiquant la direction « idéale ». Du coup, notre vie a un sens, une direction, mais nous ne regardons plus sur les côtés. Dans *Nos amis les Terriens*, c'est la vision de l'être qui voit de tous les côtés et qui peut placer son regard partout, rentrer partout. C'est un enfant à qui on offre la possibilité d'avoir un œil qui vole, voit tout et en parle avec son innocence.

À propos d'innocence, et pour reprendre l'image des trois pas en avant, deux en arrière, le chemin de l'être humain n'est-il pas identique ? Quand nous atteignons un certain âge nous recherchons avant tout à retrouver notre innocence passée, celle de l'enfant que nous étions ?

Bernard Werber – Cela serait idéal. Un retour au constructif. Dans le monde animal et végétal certains organismes redeviennent des bébés pour pouvoir se réadapter. Si seulement l'homme savait faire cela…

Il essaie de le faire…

Bernard Werber – Il y a cette pulsion dans la culture planétaire, cette idée du phénix : « Redevenez des enfants pour réinventer le monde. »

3 - La pièce *Nos amis les humains* mettait en scène, pour la première fois, la capture d'humains par des enfants extra-terrestres.

En même temps, une autre force dit : « Ne réfléchissez pas, continuez à travailler sur le rail posé par nos ancêtres et ne posez pas de questions. » Ces deux forces s'opposent.

Boris Cyrulnik – Quand on vieillit, nous avons une vision du monde de plus en plus précise, parce que l'on « sait ». Nous sommes accoutumés ; on s'est entraîné et on renonce à d'autres visions du monde. C'est pour cela qu'il faut que des jeunes nous remettent en cause, comme dans ton film qui propose d'autres questionnements. Se décentrer de soi, pour avoir une autre vision de soi-même et se poser les problèmes autrement. Sinon, nous sommes de plus en plus sûrs de nous et nous nous éliminons nous-mêmes. Alors que lorsqu'il y a une catastrophe, le groupe, lui, est obligé de repartir à zéro. Par exemple, la plupart des guerres sont des révolutions culturelles. C'est-à-dire qu'à cause des horreurs d'une guerre, tous les problèmes sont reposés. Après une guerre, on réfléchit de nouveau aux rapports hommes-femmes, dominants-dominés, à l'éducation. Tout est repensé. C'est une manière « catastrophique » d'évoluer.

Comment définiriez-vous votre film, ce n'est pas un film de science-fiction au sens hollywoodien du terme, pas un documentaire, c'est un ovni ?

Bernard Werber – J'ai eu la volonté de faire quelque chose de différent. J'ai essayé, comme dans mes livres, de donner à réfléchir aux gens. Mais ce travail de réflexion, je n'ai pas à l'accompagner. Pour chaque personne, ce film prendra un sens particulier, il peut provoquer une vraie remise en question, qui peut être pénible, pour ceux qui n'y sont pas habitués. Être assimilé à un animal, cela peut être un choc, une insulte. Ce film, peut être vécu par des gens pleins de certitudes, comme une remise en question douloureuse. Je suis content de l'avoir fait avec Claude Lelouch.

Vous l'avez fait sciemment ?

Bernard Werber – Bien sûr. Il fallait un courage que je n'avais qu'à moitié et c'est Claude Lelouch qui m'a porté à bout de bras, qui m'a dit « d'aller au bout de mon système », qui m'a poussé chaque fois. Au lieu de faire trois pas il me disait d'en faire cinq. Il y a eu réellement, un travail de producteur actif qui m'a encouragé à aller au bout de mes audaces, de mes erreurs. Il ne m'a jamais dit : « Fais comme tout le monde, filme ainsi. » On n'a rien fait pour se rassurer. À chaque fois, entre la difficulté, l'audace et la sécurité notre choix allait vers l'inattendu. Ainsi, la scène de la naissance a gêné beaucoup de gens : autant ils sont habitués à voir, dans un film, des scènes de tortures qui n'en finissent pas, avec une petite musique guillerette en fond sonore, autant les gens vont se mettre la main devant les yeux ou quitter la salle en assistant au cinéma à la naissance d'un être humain – le plus beau moment d'une existence. Je considère qu'il fallait le faire malgré tout, maintenant je suis conscient de l'importance du challenge et du soutien que Claude m'a apporté.

Boris Cyrulnik – De toute façon, en tant qu'extra-terrestre toi-même, tu devais faire ce film ! (rires)

Tout a commencé par le court métrage de Bernard. Dix minutes de jubilation pour deux jours de réflexion.

Il y avait déjà dans ces dix minutes tout ce qu'un cinéaste peut passer une vie à rechercher pour parler du plus personnel au plus universel… Une construction qui pouvait nous permettre, à tous les deux, de nous amuser. Lui comme réalisateur (il en rêvait) et moi comme producteur (je ne l'avais pas fait depuis treize ans).

Claude Lelouch

Le film

Tout ce projet est une chaîne qui tient à une suite d'enthousiasmes successifs, à des gens qui ont donné beaucoup plus que ce que je leur demandais.
Ma première pensée est néanmoins pour Claude Lelouch qui, depuis le début, a cru à cette folle aventure. Sans lui, ce film n'existerait pas.
En tant que producteur, il a été là au début, au milieu et à la fin.
Il m'a poussé à prendre des risques, à jouer à tout prix l'originalité et le démarquage. J'ai rarement rencontré un être humain aussi remarquable par son courage, son indépendance et sa générosité à transmettre son savoir.
Il est passionné non seulement par le cinéma, mais aussi par tout ce qui est nouveau, ambitieux et sort de l'ordinaire. Il m'a appris un artisanat délicat. Son expérience, son sourire et sa décontraction ont été à tout moment des réconforts dans cette vaste entreprise où nous n'avions que peu de repères.
Si les extra-terrestres arrivent, je leur conseille de s'adresser à Claude Lelouch comme ambassadeur : ce sera le mieux placé pour dialoguer avec des êtres ayant une autre forme de pensée.

Bernard Werber

JVC

Genèse d'une idée

Pour écrire mon premier roman *Les Fourmis*, j'ai construit un grand terrarium de 1m 20 de long qui contenait plus de 1 000 individus que je filmais avec ma petite caméra.

C'est de cette idée que m'est venue l'envie d'écrire ma première nouvelle du point de vue d'un d'extra-terrestre en 1992. Je l'ai publiée d'abord sur mon site Internet. Cela s'appelait *Leçons de choses*. Comme un cours de biologie sur les humains : comment ils naissent, se reproduisent, se nourrissent ou meurent.

Treize ans plus tard, après plusieurs métamorphoses, cette nouvelle est devenue un film *Nos amis les Terriens* dont le tournage s'est terminé le 23 décembre 2005.

Je ne vais pas citer toute l'équipe, nous partîmes trois, et nous arrivâmes, vers la fin du tournage, à près d'une centaine. Mais je tiens encore à évoquer quelques noms : Stéphane Krausz, Dominique Combe, Elise Mac Leod, François Chauvaud, Jérôme Peyrebrune, Stéphane Mazalaigue, Alex Jaffray et Loïc Étienne.

Honnêtement, quand je me suis embarqué dans cette aventure (que j'attendais depuis vingt ans), je ne pensais pas que cela serait aussi prenant. Je crois que ce film m'a transformé, comme il a transformé tous ceux qui y ont participé.

De gauche à droite : Boris Ventura-Diaz, Viktoria Li, Sellig, Wioleet Michalszuk, Tonio Descanvelle et Audrey Dana.

NOS AMIS LES TERRIENS

Ecrit et réalisé par BERNARD WERBER - Produit par CLAUDE LELOUCH

Avec : AUDREY DANA, ANNELISE HESME, THOMAS LE DOUAREC, BORIS VENTURA, SELLIG. et VIKTORIA LI, WIOLETTA MICHALCZUK, TONIO DESCANVELLES et la voix de PIERRE ARDITI. Par ordre d'apparition : HERVE HIOLE, SHIRLEY BOUSQUET, MAGALI BENET, ANTOINE COESENS, CLEMENT MICHEL, MOON DAILLY, CYNTHIA MANCUSO, NOEMIE PHU, CHRISTINE GUILLARD, JONATHAN WERBER, DOMINIQUE MARCAS, PIERRE ARNAUD, THOMAS BLANCHET, TAVANI FETTER, DIDIER NOBLETZ, ELEF ZACK, ERIC PETER, CAMILLE NAHUM, FRANCK MERCADAL. Musiques originales, arrangements et programmation : Alex JAFFRAY et Loïc ETIENNE. Images : Stéphane KRAUSZ, Jérôme PEYREBRUNE. Son : Harald MAURY. Décors : François CHAUVAUD. Costumes : Marité COUTARD. Montage : Stéphane MAZALAIGUE. Montage son : Jean GARGONNE. Mixage : Jean-Charles MARTEL. Directeur de production : Do COMBE. Scripte : Rachel CORLET. Producteur exécutif : Jean-Paul DE VIDAS. Administrateur général : Anne-Simone DIEP. Première assistante mise en scène et casting : Elise Mc LEOD. Régisseur général : Rémi PUTOUD. Caméra : François VIGON, Ludovic ANDRAL, Ghislain DE VAULX. Supervision des effets spéciaux : Sébastien DROUIN. Maquillage : Michelle CONSTANTINIDES. Coiffure : Amélie BOUILLY, Olivia LEQUIMENER, Charlotte ARGUILLERE. Bruitage : Pascal CHAUVIN, assisté de Franck CEVEN. Assistants montage : Karine PRIDO, Benoît GARGONNE. Assistant son : Ulric MAURY. Assistant décorateur : Jean-Luc CHAUVAUD. Accessoiriste-Ensemblier : Jean-Marie LHOMME. Chef constructeur : Henri CASTILLO. Menuisier : Sylvain CABOUAT. Ripper : Jean-Philippe DURY, Marc SEGUET. Assistantes costumes : Daphné DELPORTE, Marie-Elisabeth MERCY. Chef Machiniste : François COULIN. Machinistes : Joseph EMIELOT, Romuald BENOIT, Pierre-Yves LE MEE, Yann RICOR, Jean-Pierre DE LEO, Chef électricien : Alain COUSSAU. Electriciens : Christophe COJAN, Jean-Claude TEMPORELLI. Photographe de plateau : Eric ROBERT. Stagiaires mise en scène : Leïla GHARBI, Julien SCHICKEL, Ludovic GIRAUD. Stagiaires régie : Jérémie FENNETEAUX, Charles MALATRAY. Supervision des cascades : Jean-Louis AIROLA. Cascadeurs : Christian HENING, Sybille BLOUIN, David GENTY. Repérages : Xavier DOUIN. Making-of : Martine LELOUCH et Théo LABOULANDINE. Webmaster : Carol ORIOT-COURAYE. Bande originale du film : Production et édition LES FILMS 13. Droits des musiques : LES FILMS 13 COLOVE MUSIC - Colette MOUGHLI. Compositions additionnelles, arrangement et programmation : Grégory TANIELIAN. Compositions additionnelles : Gilles LAKOSTE. Arrangement cordes : Alex JAFFRAY, Loïc ETIENNE, Marie-Jeanne SERERO. Enregistrement cordes : Cédric DENOOZ. Mixage musique : Philippe HEISSLER. Studio musique : STUDIO DIEZE - Frédérique ATTAL. ECLAIR NUMERIQUE. Direction des productions : Didier DEKEYSER. Direction technique : Philippe REINAUDO. Direction de la post-production numérique : Catherine ATHON. Etalonnage sur Lustre : Philippe BOUTAL - Bruno PATIN. Coordination de la post-production : Florence POULAIN. Conformation : Nicolas CRIQUI - Vanessa LAFAILLE. Assistants Lustre : Rosanna D'ANDREA - Frédéric JUPIN. Shoot : Gérard SOIRANT - Odile BERAUD, Robert KFOURY - Fabien EIGEN. Eclair lab et Lustre. Effets spéciaux numériques : BUF. Producteur : Guillaume RAFFI. Coordinatrices : Rahel MAKONNEN - Mélanie CUSSAC. Superviseur : Antoine DESCHAMPS. Graphistes 3D : Bruno ETCHEPARE - Anthony LYANT - Eve CHAUVET - Christophe ANDREI - Aurélien FUENTES - Sébastien LE NEVE. Graphistes 2D : Thibault DEBAVEYE, Jonathan LAGACHE - GROUPE TSF - STARTREC - SVL - TELEGRIP - IRIS CAMERA - LOCAFLASH - LOCA IMAGE - TATOU France - SABBAH COMMUNICATIONS - TONTONS TRAITEURS - EMIT - RVZ - CINÉPHASE - GREEN - CTM - MOT POUR M.O. - TRANSPALUX - CAR GRIP FILM - ESPACE LE PRO - CAMPION - Véhicules CHAMOURAT - SNCF - Les Manèges de Paris : Réjanne. LVT - MARSH : Sylvain JOUBERT - Traduction : Eric COLLINS - CENTRAL COLOR. REMERCIEMENTS : Marie-Sophie L - La banque OBC - La société JVC - France, et tout particulièrement Jean-Christophe ALBOU - PARIS SEPTEMBRE : Nathalie MONGIN - Laurent FITOUSSI - Sylvain TIMSIT - Maître Brice BONHOMME - Le docteur BENOLIEL - OVNI Films - Les éditions Albin Michel - Restaurant La Coupole - Ecole Cardinal Amette - Le cimetière parisien de Pantin - Studio SFP - Mission Cinéma de la Mairie de Paris - La D.A.S.S. - Monsieur STISI du marché de Rungis - Les pompes funèbres générales - La fédération Française de Savate Boxe - M. ZERAH de la clinique de la Dhuys - La Lune Rousse et L'Elysée Montmartre. Chez Castel - Le Divan du monde - CES. ONIX - BOSCH - ASUS - Groupe SEB France - ROWENTA - VEOLIA PROPRETE - STRADA CONSEIL - La Préfecture de police de Paris - Bérangère REIGNER des abatoirs RONSARD d'Ile de France - TOSHIBA - UNIKA - SIEMENS - NOKIA - NIKON - RATP-TOTHEME 54.

DEPOT LEGAL 2006
Visa d'exploitation n°112 552

Une production Les Films 13

Remerciements

L'éditeur tient à remercier
Boris Cyrulnik, Jan Kounen, Rodolphe Gombergh,
Claude et Simon Lelouch, Sylvain Ordureau
et Bernard Werber.

Crédits photos

Intérieur

Toutes les images sont extraites du film
Nos amis les Terriens de Bernard Werber
avec l'autorisation des Films 13,

à l'exception des dessins de Simon Allix,
pages 15, 18, 21, 23, 29, 35, 37, 41, 43, 45, 51,
61, 62, 63, 64, 65, 67, 68, 73, 82, 85, 87, 89, 95,
106, 116-117, 121, 125, 127, 135.

et, page 9 (bas) :
photo Full Earth ©NASA/JSC,

pages 1, 9 (haut), 13, 25, 33, 39, 53,
71, 75, 101, 133, 137, 141 :
images 3D de Rodolphe Gombergh
et Sylvain Ordureau © useful progress

useful progress

pages 55, 83, 96 (haut), 169, 170 et 172 :
photos ©Eric Robert

page 148 : photos de Bernard Werber
et de Boris Cyrulnik ©les Films 13

Couverture

page 1: affiche du film,
© **LE CERCLE NOIR** pour **F I D E L I O**

Page 3 : ©Jean-Marie Vives/agence
Watchout

Page 4 : ©NASA/JSC

Achevé d'imprimer en Espagne en septembre 2008
par GRAFICAS ESTELLA
Dépôt légal 1re publication : octobre 2008
Librairie Générale Française
31, rue de Fleurus - 75278 Paris Cedex 06
31/2267/8

Ouvrages de Bernard Werber publiés aux éditions Albin Michel

La trilogie des Fourmis :

Les Fourmis, 1991 (prix des lecteurs *Sciences et Avenir*) (Le Livre de Poche n°9615)
Le Jour des fourmis, 1992 (prix des lecteurs de *Elle*) (Le Livre de Poche n°13724)
La Révolution des fourmis, 1997 (Le Livre de Poche n°14445)

Le cycle des anges :

Les Thanatonautes, 1996, (Le Livre de Poche n°13922)
L'Empire des anges, 2000 (prix Jules Verne), (Le Livre de Poche n°15207)

Le cycle des dieux :

Nous les dieux, 2004, (Le Livre de Poche n°30582)
Le Souffle des dieux, 2005 (Le Livre de Poche n°30812)

Le cycle Aventuriers de la science :

Le Père de nos pères, 1998 (Le Livre de Poche n°14847)
L'Ultime Secret, 2001 (Le Livre de Poche n°15398)

L'Arbre des possibles et autres histoires (nouvelles), 2002 (Le Livre de Poche n°30199)
L'Arbre des possibles, version illustrée par Moebius, 2003

Le Papillon des étoiles, 2006 (Le Livre de Poche n°31025)

Les livres expérimentaux :

Le Livre secret des fourmis, encyclopédie du savoir relatif et absolu, 2003 (Le Livre de Poche n°15576)
Le Livre du voyage, 1997 (prix des lecteurs du « Livre de Poche ») (Le Livre de Poche n°15018)
L'Encyclopédie du savoir relatif et absolu, 2000 (Le Livre de Poche n°15530)
Nos amis les humains (théâtre), 2003 (Le Livre de Poche n°30351)

BD :

Les Enfants d'Eve, par Bernard Werber et Eric Puech, 2005
Exit, tome 1, avec Eric Puech, 1999
Le Deuxième Cercle, tome 2, avec Alain Mounier, 2000
Jusqu'au denier souffle, tome 3, avec Alain Mounier, 2002
Les Fourmis, dessins de Patrick Serres, éditions L'Echo des savanes/Albin Michel

Cinéma

La Reine de nacre, court métrage, 1999, coréalisé par S. Drouin
Les Humains, court métrage, 2003
Nos amis les Terriens, long métrage produit par Claude Lelouch, 2007

Théâtre

Nos amis les humains, mise en scène par Jean-Christophe Barc, en 2004

l'auteur

Né en 1961, à Toulouse, Bernard Werber écrit
sa première nouvelle dès l'âge de sept ans.
Il commence la rédaction des *Fourmis*
l'année de son bac, en 1978.
Il devient journaliste à l'*Événement du jeudi*,
au *Point*, à *Libé*, puis au *Nouvel Observateur*
où il traitera de tous les sujets scientifiques
jusqu'en 1990.

Les Fourmis sont publiées en 1991,
Le Jour des fourmis en 1992
et *Les Thanatonautes* en 1996.
Le troisième tome de la saga des Fourmis,
La Révolution des fourmis, paraît en 1997.

Après des recherches documentaires en
paléontologie,
il publie *Le Père de nos pères* en 1998.
En 1999, il réalise un premier court-métrage,
La Reine de nacre suivi,
en 2003 de *Nos amis les humains*
qu'il adaptera également au théâtre.

Après trois nouveaux romans, *Nous les dieux*,
Le Souffle des dieux et *Le Papillon des étoiles*,
il réalise *Nos amis les Terriens* son premier long
métrage produit par Claude Lelouch.

À la croisée de la prospective, de la sociologie,
de l'anthropologie et de l'exploration des mythes,
il porte un regard profondément original
sur l'homo sapiens du début du XXIe siècle.

Pour en savoir plus : www.nosamislesterriens.com